Casanova

CASA NOVA

Katy **Evans**

TRADUCCIÓN DE
Aitana Vega Casiano

PARA
Principal Chic

CHIC

Primera edición: enero de 2020
Título original: *Ladies Man*

Diseño de cubierta: Taller de los Libros
Imagen de cubierta: Katy Evans

Publicado por Principal de los Libros
C/ Aragó, n.º 287, 2.º 1.ª
08009, Barcelona
info@principaldeloslibros.com
www.principaldeloslibros.com

ISBN: 978-84-17972-07-3
THEMA: FR
Depósito Legal: B 815-2020
Preimpresión: Taller de los Libros
Impresión y encuadernación: Black Print
Impreso en España — *Printed in Spain*

Por ese sentimiento que no sabes expresar
pero que no puedes controlar.

Capítulo 1

Esta es la noche

Suena *Prayer in C,* de Robin Schulz, en la discoteca. El lugar es tan lujoso que hasta resulta irritante. Las paredes están recubiertas de cristal esmerilado y elegantes cascadas. Del techo abovedado y salpicado de diamantes cuelgan grandes candelabros modernos de cristal. Todo es de distintos tonos de azul: bebidas de color azul claro en copas de cristal, luces azules parpadeantes y fuentes de agua azul.

Cientos de invitados gritan y saltan en la pista de baile mientras pasan bandejas caras con bebidas colocadas artísticamente.

Todo el mundo celebra los veintiséis años recién cumplidos del anfitrión. Los chicos han conducido cientos de kilómetros y volado desde todos los rincones del mundo para venir, mientras que las chicas han dejado las tarjetas de crédito en números rojos para comprarse el modelito perfecto para la ocasión.

Mi mejor amiga Wynn y yo nos dirigimos a las salas de atrás, donde están la piscina y el bar en el agua.

Es probable que seamos las únicas que no han tenido que vender a sus futuros primogénitos para conseguir una invitación y las únicas que van demasiado arregladas con unos vestidos dos tallas más pequeñas de lo que deberían. El club se llama Olas y su atracción principal es una docena de piscinas en las salas de atrás, así que, en realidad, todo lo que pase de un escaso traje de baño o un pareo es ir «muy arreglada».

Pensé que ir tan tapada en una habitación llena de chicas medio desnudas mantendría a los babosos a raya.

Me equivocaba.

Ya me había defendido de tres intentos de tocarme el culo y otro nada disimulado de agarrarme una teta.

Wynn chilla cada vez que alguien la toca. Creo que, en el fondo, disfruta de la atención, pero yo estoy cansada de apartar manos largas.

No suelo pasar las noches de los sábados así. Normalmente, me tiro en el sofá a ver mi serie favorita con un cuenco enorme de palomitas. Llevar vaqueros e ir a reuniones íntimas y con poca gente me gusta mucho más.

Wynn se ha empeñado en encontrar formas de entretenerme todos los días desde que nuestra otra mejor amiga (y mi anterior compañera de piso), Rachel, se casó el fin de semana pasado.

¿Por qué dejé que me convenciera para venir? Estaba de los nervios desde que habíamos salido.

Por Dios, ¿qué hago aquí?

—¡Gina! —Frustrada, me agarra la mano y tira de mí.

Intenta abrirse paso entre la gente y trata de ayudarme a encontrarlo. Quiero soltarme y salir a toda prisa hacia la puerta. ¿Qué hago aquí?

Las mujeres desnudas con lunas azules y brillantes en los pezones que cuelgan de los candelabros de cristal me llaman la atención. Casi se están follando los cristales, con el cuerpo reluciente y la piel expuesta, retorciéndose como lagartijas y meneando sus culos perfectos.

Mi ropa y mi maquillaje son lo más soso del local. ¿Para qué me he pasado horas preparándome?

El corazón se me acelera. Sé que está aquí. He visto su coche en el aparcamiento al llegar, un Rolls Royce Ghost blanco carísimo, que deja muy claro cuánto dinero tiene, pero con las ruedas sucias para demostrar que «le importa una mierda».

Hacía mucho que no entraba en una discoteca con tanta gente, pero debería haber sabido que el rey de la fiesta celebraría los veintiséis con estilo.

Su nombre es Tahoe Roth y somos amigos. Es el único motivo por el que he venido. Los amigos van a las fiestas de cumpleaños de sus amigos, ¿no?

—Nos acercamos, lo felicitamos y nos largamos —le susurro decidida a Wynn al oído.

Se da la vuelta con los ojos muy abiertos.

—¿Tan pronto? ¿Antes de que llegue Emmet? ¡Ni en broma! —Frunce el ceño y me empuja—. Vas a mover el culo, a felicitarlo y a decirle que tienes un regalo solo para él. Luego te lo llevas a casa, te lo tiras y te sacas esa espina de una vez por todas.

—Me parece que no.

—Ese era el plan, sacarte la espina y olvidarlo.

Me enfado.

—Ese no era el plan, en absoluto. No voy a sacarme ninguna espina porque no hay nada que sacar.

Nos apretujamos mientras la gente pasa a nuestro alrededor en dirección a una de las salas con piscina. Por duodécima vez hoy, me arrepiento de haberle dicho a Wynn que no sé si quiero darle un puñetazo a Tahoe o follármelo toda la noche. No ha parado desde entonces.

Llevo el conjunto de ropa interior *sexy* que me he comprado hoy pensando en sus ojos azules.

Siento mariposas en el estómago al imaginarme su hoyuelo.

Hiperventilo y me pregunto cuántos tequilas me harán falta para reunir el valor de hacer eso con lo que llevo fantaseando todo el día.

—Vamos a buscarlo en la piscina. Nos hace falta quitarnos algo de ropa.

Escucho cuchicheos a mi derecha cuando una chica y su amiga pasan disparadas junto a nosotras hacia a la misma piscina a la que nos encaminamos.

—¡Mira! ¡Ahí está! —exclama Wynn.

Tomo aire agobiada y siento la frustración que siempre me asalta cuando lo veo. Me saca de quicio. Es un idiota, un presumido y un egoísta egocéntrico. No sé ni por qué somos amigos. Paro a una camarera y le robo un chupito de tequila de la bandeja, me lo bebo de un trago y me dirijo hacia Tahoe. El alcohol no me sirve para aliviar el efecto que tiene en mí.

Está con un grupo de hombres, pero solo lo veo a él.

El pelo rubio resplandece bajo las luces. Los ojos azules sueltan chispas. Tiene un aspecto duro y salvaje. Lleva una barba de un par de días que le da una apariencia primitiva, casi animal. *Vikingos* es una de mis series favoritas y me recuerda a la de Ragnar. Me deja sin aliento.

También está esa sonrisa contagiosa que esboza tan a menudo. Nunca he visto a un hombre sonreír tanto. Es burlona y sarcástica, porque Tahoe no siente respeto por nada.

El estómago me da un vuelco al verlos a él y su perfecta e indecente boca.

Las dos acosadoras que querían desnudarlo se le acercan; él le pasa un brazo a cada una por los hombros. Así, de repente, tiene a una mujer a cada lado y yo siento una punzada en el pecho. Una horrible punzada de miedo, como las que te dan cuando estás rodeada de cientos de extraños, que bailan, hablan y beben mientras miras al tipo con el que estás obsesionada y no sabes qué hacer al respecto.

No sabes qué hacer con él.

—¡Gina! —Wynn me da un codazo—. Pon en marcha el plan. Ya sabes que es una bestia en la cama. Cumple años a finales de octubre, lo que significa que es escorpio, el signo del sexo. Y tú eres como una Marilyn Monroe morena y *sexy* que pide un revolcón a gritos con ese vestidito y los labios rojos.

Respiro hondo e intento armarme de valor, pero fallo y me dispongo a largarme por donde he venido cuando Wynn me detiene.

—No puedo, de verdad que no quiero. Ni siquiera me gusta —protesto.

Con el ceño fruncido y enfadada conmigo misma, evito mirarlo cuando me encuentro con otro chico que me observa.

Es bajito y parece inofensivo, así que le sonrío y rezo porque no sea un amigo cercano de Tahoe.

Él me devuelve la sonrisa y se acerca, pero rompo el contacto visual cuando escucho un grito al otro lado de la sala.

—¡Roth!

Me vuelvo hacia una chica que grita desde debajo de la cascada. Sin poder contenerme, lo miro otra vez. ¿Por qué no lo ignoro?

Está con Callan Carmichael y dos hombres mayores. Las dos chicas que los acompañan se desvisten y se quedan en bikini. Carmichael y Tahoe están muy buenos. El primero es un tipo alto y atlético de pelo cobrizo y el segundo es… Tahoe.

Tahoe, la bestia en la cama.

Va vestido de negro de los pies a la cabeza. Las luces de los focos le resaltan el bronceado. El pelo parece más rubio y la barba más oscura. Se me erizan los pezones y tenso los muslos.

Tahoe Roth es…

El hombre más *sexy* del mundo. Un hombre de uno noventa y cinco de estatura y de, al menos, noventa kilos. En la boda de Rachel y Saint, incluso con esmoquin parecía salvaje. Rebosa testosterona. Tiene unas ligeras patas de gallo de sonreír tanto, tal vez de divertirse demasiado y no preocuparse por nada más que de pasar un buen rato. Los vaqueros negros se le ajustan al bajo de las estrechas caderas y le dan un nuevo significado a «estar más bueno que el pan».

Las dos chicas que persiguen a Tahoe y la que estaba debajo de la cascada tiran de él, lloriquean e intentan engatusarlo para que se meta en la piscina con ellas.

—Hola.

Me sobresalto y miro de reojo al desconocido de ojos marrones y aspecto amable. Lo saludo sin prestar mucha atención a la vez que escucho el agua salpicar y los grititos de las chicas. Intento ver qué pasa, pero un grupo de gente que ha venido a aplaudir me tapa la vista.

El tipo que tengo delante se mueve un poco y consigo ver algo. Tahoe está dentro, se aparta el pelo húmedo de la cara y tiene la camiseta mojada pegada al cuerpo. Agarra por los tobillos a las chicas que están en el borde de la piscina y ellas chillan y se apartan dando saltitos.

—Os venís al agua las tres —bromea Tahoe.

Al sonreír se le marca el hoyuelo y, mientras las chicas ríen de forma insinuante, sale del agua de un salto, las agarra y las tira a la piscina una por una y todas dejan escapar gritos de placer.

Después se tira él. Una de ellas se acerca a salpicarle, pero sus manos son más grandes y le devuelve la jugada. Las chicas juegan entre ellas cuando se aparta. Le hace una señal a un camarero para que le lleve una copa mientras se quita la camiseta y la lanza a un lado. Estira los brazos sobre el borde cual noble romano y después pasea la mirada por la piscina como si estuviera decidiendo si salir o no.

Se impulsa con los brazos para hacerlo, se enrolla una toalla a la cintura y se quita los vaqueros. Los aparta y, entonces, nuestras miradas se cruzan. Tiene el pecho perlado de gotas de agua. Está espectacular, le brillan el cuerpo, los abdominales, los pectorales, los músculos de los brazos y hasta las pantorrillas que le asoman bajo la toalla.

Me mira y me reconoce. Luego, mira al chico que tengo al lado, vuelve la mirada hacia mí y enarca una ceja.

Me quedo donde estoy, alterada y nerviosa. Se aleja de la piscina y camina hacia a mí. Su cuerpo irradia calor y sonríe, divertido, al verme sin habla.

No sé qué hacer. ¿Lo abrazo? Ay, Dios.

«¡Felicítalo y punto, idiota!».

—Ven aquí —dice con voz grave.

—¿Perdona?

—Que vengas aquí.

—No —replico con el ceño fruncido.

Sonríe y ladea la cabeza.

—Vienen a por ti.

—¿Cómo? —pregunto. Estoy de los nervios.

Señala a dos hombres en bañador que se me acercan con miradas traviesas.

Tahoe da un paso al frente, me agarra la cintura y dice:

—La tengo.

Me levanta sobre los hombros como un saco de arroz y me lleva hasta el borde de la piscina, me mira por encima del hombro y sonríe.

No. No va a hacer lo que creo que va a hacer, por favor, que no lo haga.

—Ni se te ocurra —le advierto y me agarro a su pecho.

Antes de que me de cuenta, me ha lanzado al agua. Ni siquiera me da tiempo a tomar aire. Hace un segundo estaba seca y ahora me hundo en el agua de una manera muy poco grácil.

Salgo a la superficie mientras escupo y me lo encuentro justo delante, sonriendo divertido.

Entonces deja caer la toalla y se tira de cabeza en una zambullida perfecta. Cuando asoma la cabeza, le salpico. Estoy tan enfadada que no pienso con claridad.

—Era mi vestido favorito, eres un…

Sumerge la mitad de la cara bajo el agua mientras flota frente a mí; solo los ojos y la nariz quedan en la superficie. Las pupilas le brillan con el reflejo del agua.

La frustración me supera.

Quiero agarrarlo del pelo y besarlo.

Quiero quitarle la ropa interior y besarlo.

Quiero llevármelo a casa y besarlo.

Quiero que me lleve a casa y me bese.

Después, quiero olvidarme de haberlo besado y de haberlo deseado siquiera.

—¡Roth! —grita una de las chicas desde la escalera.

Cuando Tahoe la mira, se quita la camiseta con mucha teatralidad.

—Preciosas, nena —dice con una sonrisa a la vez que le mira las tetas.

Asqueada, nado hacia el borde de la piscina.

Con una poderosa brazada, me adelanta y llega primero.

Levanta las cejas cuando nuestras manos se aferran al borde y, una vez más, nuestros ojos se encuentran. Su expresión es indescifrable.

—Vale, me has empapado —digo por fin y olvido el enfado—. Sé cómo puedes recompensarme.

Se impulsa para salir del agua, hago lo mismo y me pasa una toalla.

—No me van los líos de una noche, así que lo que te ofrezco es una oportunidad de la que muy pocos han disfrutado. Una noche conmigo. Feliz cumpleaños.

Frunce el ceño mientras se seca el pecho con la toalla.

—¿Es coña?

—¿Perdona?

Se endereza tras enrollarse la toalla en la cintura, después esboza una sonrisa socarrona.

—¿Con cuántos?

—¿Con cuántos qué? ¿Cuántos tíos?

—Exacto.

—Pues… dos. Tres, incluido mi ex, Paul. Pero eso no fue un lío de una noche, estuvimos juntos dos años.

—En cualquier caso, es demasiado poco. No sobrevivirías a una noche conmigo.

Parpadeo, atónita.

—Madre mía, te lo tienes muy creído.

—Oye. —Me levanta la barbilla con los dedos y me obliga a mirarle a los ojos—. Estabas vulnerable en la boda de Saint y te abracé. Me gustó, pero hiciste lo correcto al rechazarme. Tú tenías razón y yo me equivoqué.

Frunzo el ceño y lo sigo.

—¿Crees que serías demasiado para mí?

Se detiene y me mira. Exhalo.

Sus ojos se oscurecen un poco.

Estoy nerviosa y me siento vulnerable. Me pregunto si lo habré malinterpretado por completo otras veces.

No obstante, me olvido de todo y me pierdo en el azul de sus ojos. La diversión que había en su mirada ha desaparecido; solo queda algo oscuro y acechante.

—Gracias por venir, Regina —dice.

Sus palabras se me clavan en el pecho como flechas.

—¿Rechazas mi regalo?

Aparta la mirada y se le tensa la mandíbula cuando suelta el aire. Me aparta de la multitud y me mira con un rastro de arrepentimiento en los ojos.

—No tengo nada que ofrecerte, Regina. —Me sostiene la mirada y se inclina. Sonríe junto a mi oído y me tiemblan las rodillas—. Verte mojada ha sido regalo suficiente.

Se relaja, levanta un dedo y hace una señal a las zorritas y a las dos acosadoras para que lo sigan por una escalera de caracol.

Rechino los dientes y observo cómo se marcha con un nudo en el estómago. Me odio por haberme expuesto de esta manera y por no haberme sacado esa espina cuando tuve la oportunidad. Ahora estoy empapada y he arruinado el vestido y la noche.

Wynn me saluda con la mano, con Emmet a su lado, y me mira preocupada.

Finjo una sonrisa.

Tahoe tiene razón, es mejor que lo haya rechazado y que me aleje de él. Ya me han hecho daño antes y, sabiendo que le volvería a ver por Saint y Rachel, acostarnos se convertiría en un error incómodo que tendríamos que soportar para siempre.

Quiero beber para olvidarlos, a él y a sus músculos cincelados, olvidarme de su olor y la imagen de su cuerpo mojado y cálido.

Tengo ganas de irme ya, pero Wynn y Emmet se han acurrucado en un reservado y yo necesito sexo; un polvo de una noche que me recuerde que soy humana, que sigo viva y que soy una mujer.

Cuando me doy la vuelta para salir de la sala de la piscina, choco con el tío que me había mirado antes.

—Oye, ¿estás bien? —pregunta, preocupado.

—De maravilla. ¿Quieres beber algo?

—Claro que sí —dice.

Le pregunto su nombre y, después de unas copas, me llevo a Trent (así se llama) a casa.

Estamos en la cama. Sus labios cálidos me recorren el cuerpo; unas manos, la piel desnuda. Me he quitado el vestido pero todavía llevo ropa interior húmeda. Ladeo la cabeza y recuerdo la boda de Rachel y Saint.

Después de la ceremonia y de haber tomado un par de copas, me alejo de la fiesta y paseo un poco por la playa. Me siento a mirar las olas y trato de no pensar en cuánto voy a echar de menos vivir con Rachel.

De pronto, siento un escalofrío en la nuca al percatarme de que no estoy sola. Sé perfectamente quién está aquí conmigo.

Él.

De todas las personas del mundo que no querría que me viesen vulnerable, él es el primero de la lista.

Supongo que somos amigos.

Si no, no entiendo por qué se sienta en silencio a mi lado y me coloca la chaqueta sobre los hombros.

—Gracias —digo y me arropo con ella. Es como si me abrazara. Huele a él y me doy cuenta de que es la primera vez que toco algo que él ha tocado. Se me eriza la piel y se me acelera el corazón.

—¿Por qué lloras? —pregunta mientras mira al mar. Los dos lo hacemos, como si cruzar la mirada fuera demasiado íntimo.

Se acerca y me rodea con el brazo. Hace que me sienta segura.

—¿Qué tramas, Tahoe?

—Muchas cosas.

Apoyo la cabeza en su pecho. Es mucho más cómodo de lo que se esperaría de un pecho tan musculoso.

—Pues adelante —musito.

—¿Adelante? ¿Con lo que quiera? —Su voz me agita el pelo y me hace cosquillas en la sien.

Encojo los dedos de los pies cuando sonríe.

—Yo no… —Niego con la cabeza.

No sé si le estoy diciendo que no a él o a la sensación palpitante que me provoca entre las piernas. Huele a colonia cara.

Levanto la mirada y me observa con paciencia.

—Saint me ha dicho que me aleje de ti. —Todas mis dudas desaparecen cuando me dedica su sonrisa traviesa y dice—: No creo que le haga caso.

Me abraza un poco más fuerte y me levanta la cara.

—Primero voy a mirarte. Después, te tocaré y, por último, te saborearé.

Se le oscurece la mirada. Estudia mi rostro en busca de una reacción y deja de sonreír cuando ve algo que no quería ver. Me limpia la lágrima que me recorre la mejilla y se aparta. Ensancha los orificios de la nariz y frunce el ceño, pensativo.

—¿Hacemos algo que no sea verme llorar? —mascullo entre dientes, frustrada.

—Se me ocurren muchas ideas.

Sonríe y se desabrocha el primer botón de la camisa. Se me para el corazón, no se detiene y sigue con los demás, uno por uno.

—Estaba de broma.

—Yo no. Venga, seguro que estás preciosa desnuda.

—Cierra los ojos o no pienso hacerlo.

Me quito el vestido y finge darse la vuelta, pero sé que me observa. Evito su mirada. Dios mío. «¡Por favor, que la luz de la luna me deje en buen lugar!».

¿Por qué me importa lo que piense?

Camino hasta el agua lo más rápido que puedo y me fijo en que ladea la cabeza. Me está mirando de arriba abajo, lo intuyo.

Me sumerjo y jadeo al sentir el agua helada.

Salgo a la superficie y veo como se adentra en el agua. Le brillan los ojos a la luz de la luna y me siento atraída por el deseo que desprenden. Espero que me agarre y haga alguna travesura. Estoy decidida a pararlo, pero, aun así, quiero que lo intente.

—¿Por qué? —espeto.

—¿Por qué qué? —Su voz suena profunda por encima del romper de las olas.

—¿Por qué no te has lanzado?

Se hunde en el agua y nada hacia mí.

—Ya te han hecho daño. Un hombre como yo no puede hacer feliz a una mujer como tú. —Tensa la mandíbula y mira hacia la fiesta—. No entiendo eso de pasar toda la vida con una sola mujer.

—Y yo que creía que te gustaba —me burlo.

Se le oscurece la mirada y me atrapa la cara con las manos.

—Demasiado para joderte.

Me acaricia los labios con el pulgar y frunzo el ceño.

—Un tío de la mesa de al lado me ha estado haciendo ojitos durante toda la cena. Podría ir a buscarlo.

—Podrías. Y yo podría ir con las chicas que no han dejado de mirarme y pasar una noche mucho más movida que la que pasaría contigo.

Pero ninguno nos movemos. Nos quedamos una hora en el agua y cuando por fin nos arrastramos hasta la arena, resopla y se deja caer a mi lado.

Hablamos un poco, pero pasamos casi todo el tiempo mirando al cielo. Las estrellas brillan con intensidad, pero apenas las veo. Estoy demasiado ocupada pensando en su cuerpo mojado y casi desnudo a centímetros del mío. Su respiración, lenta y uniforme, me distrae, me reconforta y me seduce al mismo tiempo.

Acabamos en su habitación porque está bastante más cerca que la mía. Me pongo un lujoso albornoz y él se quita los pantalones y se tumba en la cama conmigo. Levanto la cabeza para mirarlo en la oscuridad y noto el olor a vodka de su aliento. Es muy atractivo y, ahora que estamos solos, resulta hasta peligroso. No dejo de observarlo y él me devuelve la mirada.

Ha dicho que iba a mirarme, a tocarme y a saborearme.

—¿Me deseas? —Su voz suena brusca, algo grave y entrecortada. Me observa con intensidad— ¿Sí o no? —Coloca las manos en mi cintura con gesto posesivo.

En sus ojos veo una batalla. No sabe si lanzarse o no. Si follarme o no. «¿Me deseas?», me preguntan sus ojos.

—No —miento.

Me mira incrédulo un segundo. Asiente y aprieta la mandíbula. Se aleja, se levanta y se pone la camisa.

—Descansa, llámame si necesitas algo.

Deja el teléfono inalámbrico sobre la cama, cerca de mí, y sale de la habitación.

Busca a alguna de las chicas de la boda. Lo sé. Mientras tanto, me quedo en la cama y me pregunto si es culpa del vodka que me importe.

Unas manos en las tetas.

Unos labios húmedos en el cuello.

Unos dedos intentan bajarme las bragas.

—Espera.

Le sujeto la mano y detengo la sesión de toqueteos con brusquedad. Quiero que Trent se vaya de mi cama. Esto no está bien. ¿Por qué no?

—¿Qué coño te pasa? Pensaba que te apetecía.

—No, es que… —«Mierda, ¿por qué no?»—. Oye, eres un buen tío, pero los rollos de una noche no me gustan.

Me mira, incrédulo, yo resoplo y me masajeo las sienes. Joder, está demasiado borracho para pillarlo.

—¿Estás borracho? —le pregunto. No responde, solo me mira y suspiro—. Quédate a dormir si quieres, pero nada de restregarnos, ni abrazarnos ni nada, ¿queda claro?

A los pocos minutos ya está dormido, pero a mí me cuesta cerrar los ojos. Me da miedo ver los ojos azules que no me saco de la cabeza y que, últimamente, no dejan de aparecer en mis sueños.

¿Por qué lo invité a casa? Nunca he traído a ningún tío aquí. Antes era un espacio sagrado para Rachel y para mí. Solo Malcolm Saint se había atrevido a venir y nunca me hizo mucha gracia.

A las cinco de la madrugada doy vueltas por la casa en pijama.

Odio el silencio.

Rachel y yo vivimos aquí desde que terminamos la universidad. Es un ático industrial tipo *loft*. Las estanterías de madera pintada separan el salón de la cocina. Ahora está oscuro, pero en cuanto salga el sol, quedará iluminado y soleado.

Miro al techo y luego echo un vistazo al calendario. En el mes siguiente hay una «X» que marca el día en que Wynn va a mudarse conmigo. Me alegro de que lo haga porque no puedo pagar el alquiler sola y no quiero irme de aquí. Tampoco me gusta estar sola.

He vivido en tres casas en veintitrés años y siempre he sido la que se quedaba sola. La primera vez, mis padres me dijeron que iban a vender la casa de mi infancia.

—Queremos volver a conectar y recuperar la chispa ahora que te vas a la universidad —me explicaron.

Se fueron a España en cuanto la venta se cerró. Hice las maletas y entregué las llaves al terminar.

La siguiente la compartí con Paul, mi novio de la universidad, que también fue el primero en marcharse.

Antes no sentía tanta adversidad hacia los hombres, hasta

que me traicionó. Lo peor es que no lo vi venir. Estuve ciega y sorda durante mucho tiempo.

Paul Addison Moore era bueno conmigo, pero también lo era con otras dos chicas a la vez. Ambas sabían que yo existía y les parecía bien ser las otras. Yo, sin embargo, no supe de su existencia durante dos años. Dos años y nueve días, para ser exactos.

Un día, recibí una llamada de una chica enfadada que decía que era su novia y que llevaba meses esperando a que me dejase porque le prometió que lo haría.

Le colgué y le conté a Paul que me había llamado una loca para contarme eso.

Se puso muy nervioso y, de pronto, empezó a hacer las maletas.

—¿Paul? —pregunté—. Era una broma, ¿no?

Negó con la cabeza.

Llegábamos tarde a clase, así que entré en el baño para lavarme los dientes y escuché como se cerraban los cajones.

—No es la única, hay alguien más —gritó desde el dormitorio.

—¿Perdona? —Caminé hasta la puerta y hablé con el cepillo de dientes en la boca.

La habitación estaba vacía.

Salí al pasillo, aceleré cada vez más el paso y me lo encontré en el salón con una mochila y la maleta.

Me quedé de piedra.

—No te quiero, Regina.

Me había dicho esa palabra cientos de veces. Me la había dicho cuando vivíamos juntos, cuando nos acostábamos y cuando me llamaba solo para contarme que pensaba en mí.

Nos quedamos donde estábamos, yo todavía tenía el cepillo de dientes en la boca. Me imagino el aspecto que debía de tener. Me sentía como si me hubiera tragado el cepillo y me hubiera apuñalado el corazón.

Por fin, me lo saqué de la boca y se lo lancé.

—¡Serás…! —grité.

Lo recogió del suelo y se limpió la pasta de dientes de la camiseta.

—Muy madura, Gina.

No podía hablar ni respirar.

Había cambiado mis hábitos por este tío y había preparado comidas vegetarianas según sus gustos. Había dejado de comer carne por él. Estaba en todos mis planes de futuro, su nombre en todos los rincones. Sin embargo, para él, yo no era más que un peso muerto, algo que dejar atrás.

Rompí a llorar y enterré la cara entre las manos.

No dijo nada más. Se marchó y cerró la puerta. Escuché las ruedas de la maleta alejarse por la acera. Después de dos años juntos, después de cientos de «te quieros» y de enamorarme por primera vez, nunca volví a saber nada de ese cerdo mentiroso.

Soy fiel hasta la médula. Incluso ahora, de una forma extraña, le sigo siendo fiel. No he sido capaz de enamorarme otra vez. Se llevó mi corazón, las camisetas viejas que usaba para dormir, mi confianza y mis esperanzas. Me dejó demasiado asustada para arriesgarme a buscar esa clase de felicidad de nuevo. Salió por la puerta y me dejó preguntándome si de verdad era tan tonta o si no era lo bastante buena.

Capítulo 2

La mañana siguiente

Tras haber dormido solo una hora, me despierto pensando en la noche anterior. Me parece increíble la lujuria y la locura que había en el club. Sin duda, soy una de las pocas personas que no iban como una cuba al irse a casa. Pienso en el hombre borracho que duerme en mi cama y en que, si anoche hubiéramos llegado hasta el final, Paul ya no sería el último con el que me acosté.

Luego pienso en Tahoe. Dios, qué hombre tan *sexy.* Espero no tener que volver a verlo, al menos, hasta que Rachel y Saint vuelvan de su luna de miel, la cual, según me había explicado ella en un mensaje, iban a alargar un par de semanas más.

Me levanto del sofá y voy a la cocina. Enciendo el móvil y veo un mensaje de Wynn y lo escucho:

«¿Sabes qué? Emmet conoce al tío con el que te marchaste. ¿Qué tal fue? ¡Cuéntamelo todo! Y tengo que hablar contigo, así que llámame, ¿vale?».

Abro la nevera para sacar unos granos de café frescos, los muelo y llamo a Wynn mientras espero que el café se haga.

—Hola, ¿qué tal?

—Gina, Emmet me ha pedido que me mude con él.

Me quedo paralizada con la taza en la mano. La dejo en la encimera, despacio.

—¿Cómo dices?

—En la boda de Rachel y Saint me asusté cuando creí que estaba embarazada. Eso me hizo pensar en lo serio que es lo nuestro. Emmett también ha pensado en ello porque, bueno, ¡me ha pedido que vivamos juntos! —chilla.

«¿Y qué pasa conmigo?», quiero preguntar, pero no puedo ser tan egoísta. A ver, sí puedo, pero Wynn es mi mejor amiga. Ha esperado toda la vida para encontrar a su media naranja. Creo que siempre imaginó que sería la primera de las tres en casarse y al final fue Rachel, a quien solo le interesaba su carrera. ¿Por qué iba Wynn a quedarse con la eterna solterona? ¿Iba a decirle que no a su novio por mí? Ni de broma.

Pero, de pronto, me entra miedo de que Emmett le haga daño del mismo modo que Paul me lo hizo a mí.

—¿Estás segura de que es la decisión correcta? ¿Cuánto lleváis juntos?

—¡Un año! Gina, me siento fatal por dejarte tirada después de prometerte que me iba a mudar. ¿Y si te echo un cable con el alquiler? Ahora que voy a vivir con Emmett, ya no tendré que pagar el mío.

—De ninguna manera, Wynn.

—Rachel me hizo prometer que me mudaría contigo. No va a estar contenta cuando se entere. También se ofrecerá a ayudarte.

—Nadie me va a pagar el alquiler, ¿queda claro? Solo la persona que vive aquí, o sea, ¡yo! —protesto. Me quedo con el móvil en la oreja y echo un vistazo al bonito apartamento que ya no me podré permitir—. Estaré bien.

Estoy demasiado cansada para enfrentarme a la preocupación de tener que mudarme, así que le digo que ya nos veremos a lo largo de la semana y cuelgo.

Escucho una puerta abrirse, me doy la vuelta y me encuentro con el chico de anoche, Trent, totalmente vestido y listo para marcharse. Le dedico una sonrisa arrepentida y saco otra taza de café y un ibuprofeno. Lo llevo a la mesa y lo dejo delante del asiento vacío frente al mío.

—Uf, gracias —dice, aliviado. Se toma la pastilla—. ¿Cómo de horrible fue lo de anoche?

—¿Tan borracho estabas? —Me río—. No te preocupes, no pasó nada.

—Joder, ¿así de horrible?

—Fue cosa mía. Me entró el pánico después de un largo periodo de abstinencia.

—Ah. —Toma un sorbo de café—. Robé la invitación para la fiesta de anoche. Nunca me invitarían a un sitio así.

—¿En serio? —Me río.

—¿Cómo conseguiste una invitación? Espera, ya lo sé, porque estás muy buena.

—Ja, ja. No. Ni la mitad de buena que las demás chicas que estaban allí. Conozco a Tahoe. Nuestros mejores amigos se acaban de casar.

—Pues sí que tienes amigos importantes.

Pasamos un rato agradable charlando. Descubro que conoce a Emmett del trabajo (es proveedor del restaurante) y que, en el fondo, es un chico muy majo y honesto. Me da algo de pena que lo de anoche no llegara a ninguna parte. ¿Por qué una no puede decidir qué siente y cuándo? ¿Por qué estoy aquí sentada hablando con Trent mientras todavía siento una punzada en el pecho por el rechazo de Tahoe?

Trabajo en el centro comercial esta tarde. Para mí los domingos no son el día de descanso, más bien los lunes o los martes, cuando hay menos clientes. Todavía me impresiona el precio al que vendemos nuestros productos. Atendemos a la gente más rica de Chicago. La tienda es de lo más elegante y nunca está del todo llena excepto en las rebajas anuales, que atraen a todo el mundo, aunque solo sea para echar un vistazo a nuestros perfectos escaparates navideños y a una gran variedad de artículos de moda. Todavía quedan un par de meses para Navidad y el *Black Friday*, así que no hay mucha gente a quien vender cosméticos. Me preocupa el tema del piso y dudo entre si debería poner un anuncio en Craiglist para buscar una compañera o mudarme.

La idea de cambiarme de casa no me hace especial ilusión, pero convivir con una extraña me atrae incluso menos. Tengo veintitrés años, casi veinticuatro, soy demasiado mayor para compartir piso.

Martha, mi jefa, me llama:

—Gina, vamos a organizar esto, no me gusta ver Éxtasis Rosa en las estanterías de Fuego Naranja.

Martha siempre se preocupa de que la tienda esté impecable. Me gusta trabajar aquí, pasar el día rodeada de gente guapa y que viste de maravilla me hace feliz. Nadie llora en esta tienda. Nadie tiene problemas. A todos les gusta y se marchan con una sonrisa en la cara y a nosotras también nos hacen sonreír. Te dan las gracias y ya está. Hasta tengo algunas clientas habituales. Así que cuando entra la señora Darynda Kessles y me dice que no tiene tiempo para que la maquille, pero que ojalá estuviera disponible después porque tiene una gran fiesta, veo una oportunidad y la aprovecho.

—No me importa pasarme por tu casa para maquillarte.

—¡Sería fantástico! Nadie conoce mis rasgos mejor que tú. ¿Te va bien a las siete?

—Salgo a las seis, así que es perfecto.

Me alivia tener algo de trabajo extra. Me mantendrá ocupada para no pensar en lo que ocurrió anoche y me ayudará a pagar el alquiler hasta que se me acabe el contrato y tenga que mudarme. Anoto la dirección y le digo que iré cuando termine el turno.

No reconozco la dirección hasta que ya estoy de camino a casa de Darynda. Vive en el mismo edificio que Tahoe. Me pongo algo nerviosa al entrar en el vestíbulo. Ya he estado aquí antes, con Rachel y Wynn. Nunca sola. Lo único que recuerdo de su apartamento es que era demasiado grande para una sola persona. Cuando pienso en él, no sé por qué siempre lo imagino en el sofá del salón, donde lo vi antes de irme, viendo un partido de los White Sox, con una camiseta y una gorra del equipo.

Entro en el ascensor y pulso el botón del piso de la señora Kessler. Suben también dos chicas, jóvenes y preciosas, y le indican al ascensorista que está en la esquina que van a *su* piso. El hombre asiente y desliza una tarjeta de acceso.

—Me va a dar algo —le dice una a la otra cuando se cierra la puerta.

—Lo sé, tía. ¿Cómo tengo el pelo?

—Estás genial. ¿Y mi maquillaje?

No quiero juzgarla por cómo se ha maquillado, pero me cuesta no hacerlo por cuánto se ha pasado con el de ojos. Precisamente yo, no debería juzgarla. El maquillaje es una máscara. Esconde los ojos cansados, incluso los tristes, para que nadie los vea. Aun así, es preciosa y me esfuerzo por no pensar en que esta es la razón por la que rechazó mi «regalo de cumpleaños».

Llegamos a mi piso primero y se retocan el pelo, emocionadas porque van a visitar al hombre más *sexy* del mundo, al que, sin duda, les encantaría seguir viendo el resto de sus vidas.

Me acuerdo de la última vez que estuve en su piso.

Vimos un partido de los White Sox.

Es uno de los forofos más devotos que he visto nunca. Se frotaba las palmas de las manos sudorosas mientras veía el partido y gritó como un loco cuando ganaron. Me reí porque fue muy gracioso, entonces me miró y sonrió. Después, me observó con la misma intensidad con que había estado viendo el partido.

Saint y Rachel se fueron y Wynn me indicó con la mirada que también deberíamos hacerlo. Tahoe le hizo un par de gestos a Callan y, a los dos segundos, este le dio conversación a Wynn. Entonces, Tahoe me dijo que quería enseñarme algo.

Me llevó hasta una habitación llena de todo tipo de objetos deportivos.

—Vaya.

Había un estante lleno de pelotas firmadas de los White Sox y un equipo de *lacrosse* colgado en la pared contraria.

—¿Te gusta el *lacrosse?*

—Jugué en el instituto y en la universidad. Todavía lo hago un par de veces al mes.

Estaba demasiado concentrado en mí. Ese puñetero hoyuelo me mataba.

—La verdad es que nunca he visto un partido de *lacrosse.*

—Deberías venir a verme.

Maldito hoyuelo.

Empecé a odiar ese agujerito que tiene en la mejilla, aunque me sentí tan bien por ser la causante, que me hormiguearon los dedos de los pies.

—Claro —dije y me encogí de hombros—. Iré.

Desde entonces, cada vez que tiene un partido me manda un mensaje:

Juego esta noche. Ven a verme.

O:

Lacrosse hoy. Necesito una chica de la suerte.

O:

Lacrosse hoy. Les daremos una paliza. Te gustará.

Pero siempre me invento una excusa pésima para escaquearme.

Llego a casa agotada, pero no descanso. Una noche sin dormir es muy útil para pensar sin cesar. Cuando despierto, llamo a Wynn y le pido el número de Trent.

Cuando Paul me dejó, nunca pensé que echaría de menos a otro ser humano como a él. No quiero volver a sentirme así, pero estoy lista para seguir adelante. Quiero darme otra oportunidad.

Rachel y yo siempre nos hemos considerado mujeres inteligentes, capaces de identificar lo que los hombres realmente quieren de nosotras. Es difícil de creer cuando dos de mis amigas han encontrado el amor verdadero y también lo es no considerar que es posible que yo también lo encuentre.

Le dejo un mensaje a Wynn y me voy a trabajar. Desde que volví de la boda de Rachel, me siento incómoda. Inquieta.

Lo pongo todo en duda, lo que quiero conservar y lo que quiero cambiar en mi vida. Cuanto más lo pienso, más me doy cuenta de que a quien quiero cambiar es a mí misma.

Así que trato de suavizar esa sensación con el maquillaje, en los ojos y en las mejillas. Me maquillo la primera media hora del turno, ya que, por lo general, la tienda está más tranquila por las mañanas.

Me pongo una sombra de ojos rosa claro de Bobbi Brown en los párpados, un colorete pálido en las mejillas y un brillo de labios discreto. Termino, feliz y con ganas de ver qué tal me sienta mi nuevo *look,* pero los ojos marrones de la chica que me devuelve la mirada son demasiado grandes, la piel demasiado pálida y parece demasiado vulnerable, demasiado joven e inocente, como si acabase de terminar la universidad. Aunque supongo que eso es lo que soy.

¿Cómo acabé trabajando en una tienda de cosméticos?

Por Paul.

Porque no soportaba que me hubiera dejado en el peor momento posible, con el cepillo de dientes en la boca. Desde entonces, nunca salgo de casa sin maquillaje. Tras lavarme los dientes, siempre me maquillo.

El maquillaje es mi máscara. Me hace fuerte, guapa y todo lo que quiera ser. Me gusta ayudar a otras mujeres a ponerse esa máscara también.

No quiero que le rompan el corazón a ninguna otra mujer en el mundo mientras esté a medio vestir, sin maquillar y con el cepillo de dientes en la boca.

Nunca dejes que te vean en tu peor momento. Sobre todo cuando te tiren a la basura como si fueras algo viejo y desgastado.

Mi nuevo *look* me hace sentir vulnerable, así que paso otra media hora cambiándome. Vuelvo a hacerme un ahumado intenso y me pinto los labios de rojo. Cuando Wynn me llama para darme el número de Trent, me siento fuerte. Capaz. Preparada para lanzarme a lo desconocido.

Capítulo 3

La cita

Emmet me dijo que Trent le había pedido mi número, pero yo lo llamé primero. Voy a darme una oportunidad después de que Wynn me haya animado a «ver qué pasa».

Así que me siento en una pequeña mesa redonda de un restaurante muy conocido, pero Trent no está.

Llega tarde.

Me froto las manos en los vaqueros negros. Estoy nerviosa. Parece que nunca haya tenido una cita. Lo cierto es que así es. Solo he tenido una pareja y, en fin, ya sabemos cómo acabó.

—¿Quiere beber algo mientras espera?

Levanto la vista. Hasta la camarera me mira con pena. Mi pelo tiene un día rebelde y los rizos han reaccionado a la lluvia. He hecho lo posible por alisarlos, pero noto cómo se encrespan. «Por favor, universo, que la primera cita que tengo desde mi ruptura con Paul no sea un desastre».

—¿Servís cabernet por copas?

—Por supuesto.

—Perfecto. Tomaré una, gracias. Pero si no ha llegado en cinco minutos, tráeme la cuenta.

Intento distraerme. En la mesa de enfrente, un hombre no deja de mover los pies. Alguien ha pedido un postre con canela y el olor me invade las fosas nasales.

—¿Lo ves? Ya nunca me escuchas. Cuando un hombre habla, siempre le prestas atención —se queja una mujer a su acompañante tres mesas más allá.

Detrás de mí, otra cuenta que tuvo que comprarse camisas de la talla más grande para que no le estallase el botón. El hombre con el que está le asegura que no necesita hacer ninguna dieta.

Me siento mal por ella. ¿No es así siempre? Nos pasamos la vida intentado mejorar, sin estar nunca felices con quienes somos.

—Siento llegar tarde —dice Trent mientras se sienta. Lleva unos pantalones marrones y una camisa color amarillo pastel. Hace una señal al camarero para que se acerque—. Tráenos la especialidad de la casa, que sea doble y más vino. —Entonces, echa un vistazo al restaurante y entrecierra los ojos—. ¿Hay algún famoso? Había dos chicas asomadas a la ventana desde fuera.

En ese momento veo a Tahoe.

Como si estuviera iluminado por carteles de neón, como si todas las luces del restaurante apuntasen hacia él.

Mi tiranosaurio, en carne y hueso, está en el restaurante y se dirige hacia un reservado del fondo iluminado por una vela que dibuja unas sombras muy atractivas en su rostro cincelado.

Tiene el pelo despeinado y *sexy,* como si acabara de levantarse de la cama, pero lo que me provoca una punzada incómoda entre las piernas es la puñetera sonrisa engreída que le dedica a la camarera al responderle a algo.

Está con un grupo de amigos. Todos visten vaqueros y camisetas mientras que Tahoe lleva un polo blanco.

¿Su equipo de *lacrosse?*

—Parece que miran hacia allí —comenta Trent y se estira en la silla para echar un vistazo—. ¡Gracias! —Se distrae cuando el camarero vuelve con el vino y observa encantado cómo llena las copas.

Tahoe deslumbra con su sonrisa y, cuando nuestros ojos se encuentran, la convierte en una sonrisita de suficiencia. Dedica a Trent una mirada de lo más significativa y luego me mira con una ceja levantada.

Levanta la copa para brindar.

Mi cuerpo responde sin poder evitarlo, como si alguien le hubiera dado al botón de encendido.

—Bueno, Gina —dice Trent—. Cuéntame algo sobre ti.

Iba a preguntarle lo mismo, pero al ver a Tahoe en el restaurante, observándome en aquella primera cita tan extraña y con el pelo hecho un desastre, siento que se me desconecta el cerebro.

Nuestras miradas se cruzan cada vez que miro en su dirección como si supiera cuándo voy a girarme para pillarme. Frunce el ceño cada vez que se fija en Trent.

Me termino la copa de vino y sonrío a Trent. Está frente a mí, con su pelo rojo y su cara amable. Al menos, esta vez está sobrio. Es el chico simpático que conocí en la fiesta de Tahoe y uno de los pocos que no estaba tan borracho, era capaz de caminar sin tropezarse. Es el tipo de chico con el que te compras una casa y adoptas un perro, no con el que haces un trío, como Tahoe Roth.

—Perdona, ahora vuelvo —le digo a Trent, sin apartar la vista de la mesa de Tahoe.

Paso junto a ella de camino al baño, que está al final de un largo pasillo, a la vez que trato de no mirarlo al hacerlo.

Respiro hondo cuando, por fin, giro la esquina. Estoy a tres pasos del baño de mujeres, cuando alguien me agarra desde atrás.

—¿Adónde vas? —susurra una voz grave junto a mi oído.

Me paralizo y cierro los ojos, aterrorizada. Mis muñecas parecen diminutas entre sus manos.

«No puede ser cierto». No estoy a punto de desmayarme con el cuerpo de Tahoe Roth a pocos centímetros del mío. Abro los ojos y me muevo un poco para acercarme. Como había imaginado, es Tahoe.

—Ven fuera —dice y me mira con unas sonrisa burlona. Luego, frunce el ceño, desconcertado. Se marcha y no puedo evitar mirarle el culo.

La curiosidad es más fuerte que yo, así que le sigo.

Hay un Hummer amarillo *vintage* aparcado a unos dos metros de la entrada del restaurante. Las ventanas están tintadas y no veo el interior, pero la puerta del pasajero se abre y el T-Rex me espera dentro, en el asiento del conductor.

Subo, cierro la puerta con fuerza y lo miro.

—¿Qué haces aquí? ¿Me estás siguiendo? —Entrecierro los ojos.

Imita mi gesto con sorna.

—¿Por qué? ¿Necesitas que te sigan?

La ropa le hace parecer más joven, con un poco de barba incipiente y la sonrisa distendida.

Sin embargo, esta no dura mucho.

Al poco tiempo vuelve a fruncir el ceño. Este hombre le sonríe a todo el mundo menos a mí.

—¿Es uno del club? —Parece molesto.

—Mi club de polvos de una noche es bastante exclusivo, así que no, todavía no, pero se esfuerza y eso ya es algo.

—No me digas. —Todavía parece irritado.

—Es un requisito para entrar en el club.

Arquea las cejas.

—No seas idiota, Gina. A ese no se le levanta ni con una grúa.

—No te pongas celoso, tiranosaurio, tuviste tu oportunidad y la rechazaste. Aunque fue lo mejor; había bebido demasiado y tomado la medicación para la alergia, que me deja atontada —miento—. Mejor no hacemos nada o después tendremos que vernos en todos los eventos de Saint y Rachel. Ya me siento bastante incómoda con mi pelo, no necesito más.

Me mira el pelo y en el mismo momento bajo la mano, demasiado consciente de ello e inquieta. No soy el tipo de chica que se pone nerviosa, pero él no es el tipo de hombre al que estoy acostumbrada. De hecho, no se parece en nada a ellos.

Le miro mientras me observa.

—¿Y esa barba? —Señalo la sombra rubia que le cubre la mandíbula.

—La dejo crecer hasta que ganemos. —Suspira con tristeza y se frota la barbilla.

—Me alegro de no haber ido a veros perder.

—Gina, Gina. —Suelta una risa petulante que casi hace temblar el coche—. Si vinieras, no perderíamos.

—¿El orgullo os salvaría de perder?

—No, lo harías tú.

El comentario me desconcierta, pero me esfuerzo por ignorarlo.

—¿El *lacrosse* es tu afición?

Vuelve a fruncir el ceño, pero sus ojos me miran divertidos y con cierta incredulidad.

—¿Una afición? El *lacrosse* es un arte. El deporte de mayor crecimiento de Estados Unidos. Lo entenderás cuando vengas.

—Lo que tú digas. —Le doy una patada y me la devuelve.

—Bueno, ¿te lo vas a llevar a casa esta noche? —pregunta.

—No lo sé, tal vez. —Me encojo de hombros y miro por la ventanilla—. Pero si me retienes aquí, saldrá corriendo.

—Es a ti a quien no sabrá hacer que se corra.

—¿Perdona?

—Te va a dejar con las ganas —dice entre risas.

—¿Cómo dices? —Le doy otra patada, con más fuerza, y a la tercera frunce el ceño.

—Ay. —Se frota el talón—. No te pases, Regina —me advierte.

—Ha sido divertido, pero mi príncipe azul me espera. —Casi me río de la exageración.

Su voz hace que me detenga.

—¿Vas a llevártelo a casa o no?

Me vuelvo y le miro.

No quiero mentir y decir un no rotundo, aunque también me agrada la idea de que piense que otros hombres me encuentran atractiva.

—No lo sé —repito.

Levanta la mano y me agarra el brazo.

—Pues yo no sé si sabré soltarte.

—Es probable —grito—. ¡Sí! Ve a tocarles los cojones a tus amiguitos. Enséñales el palo de *lacrosse.*

—¿El largo o el corto?

Lo empujo, se acerca a mí, abre la puerta y me acaricia el pelo.

—Eres demasiado guapa para él.

—Y tú eres imbécil.

—Se nota que es un pringado.

—Lo conocí en tu fiesta, así que… —No digo más.

Me detiene otra vez.

—Oye, somos amigos, ¿no?

Me obligo a mirarlo a los ojos.

—Sí.

—¿Está todo bien? —Aprieta la mandíbula mientras espera a que responda.

—Sí.

Sonríe y me deslumbra.

—Vale. Porque no quiero hacerte daño, ya lo sabes. —Su mirada es intensa y casi me atraviesa—. Necesitas a alguien que esté a tu lado, que no te decepcione.

—Ya lo sé. —Me pregunto dónde estará ese hombre—. Y tú necesitas a miles de mujeres que cumplan tus caprichos, mientras que yo solo soy una.

Se ríe.

—Amigos entonces. —Me da un beso en la mejilla—. Más te vale venir al próximo partido.

Me da una palmadita en la nuca cuando me doy la vuelta para volver al restaurante. Me duele el corazón. Luego lo veo dirigirse a su mesa. «Por favor, no aparezcas en mis sueños esta noche», pienso mientras me siento.

Me acuerdo de que no tendré a nadie con quien comentar lo que ha pasado cuando llegue a casa. Allí no habrá nadie. Antes Rachel y yo nos pasábamos los pañuelos la una a la otra cuando la vida nos daba algún revés, como cuando Paul me engañó o ella casi pierde a Saint.

Ahora no hay nadie que me pase un pañuelo.

Sé que el motivo por el que se mudó es, bueno, ¡que se ha casado!, pero la sensación de soledad sigue ahí. Más que nunca.

Paul me ayudó a superar el abandono de mis padres y Rachel me ayudó con el de Paul. Esta vez, estoy sola.

Tengo que tirar la caja de pañuelos a la basura porque estoy decidida a ser feliz.

Así que me bebo otra copa de vino y me obligo a hacerle caso a mi cita, Trent, como si no existiera nadie más y Tahoe Roth no estuviera sentado unas mesas más allá, mirándome con el ceño fruncido.

Estamos de camino a casa desde el restaurante.

—No me creo que haya pagado la cuenta —repite Trent en la parte de atrás del taxi. Nos detendremos en la mía primero.

—Es rico, créeme, no le importa.

Para ser sincera, una parte de mí se pregunta si lo ha hecho con la intención de recordarme su presencia en el restaurante. Después de volver del coche, no le he mirado más que por el rabillo del ojo. Que haya pagado la cuenta me ha parecido una forma de reclamar mi atención. Dice que no quiere hacerme daño, pero también parece decidido a no dejar que nadie más me lo haga.

—Ya. —Trent se rasca la oreja, pensativo y todavía perplejo—. ¿Hay algo entre vosotros?

—Para nada. Somos amigos.

Amigos que se hacen la puñeta.

Y que a veces tienen ganas de acostarse juntos.

Pero nunca lo hacen.

Me río para mis adentros al pensarlo, sorprendida por el alivio que siento.

Sea lo que fuera lo que estuvimos a punto de ser en el pasado, ahora somos amigos.

Pero no sé por qué me importa tanto.

Me recuerdo que hay un tío sentado a mi lado en la parte de atrás del taxi. No es grande ni imponente y eso me reconforta. Es lo opuesto a Tahoe. Así que cuando abre la boca para preguntarme más cosas de este, claramente impresionado, lo beso para acallarlo.

Luego me separo.

—¿Y eso? —Trent está sorprendido y emocionado.

El taxi se detiene delante de mi edificio y abro la puerta. Me encojo de hombros y sonrío.

—Oye, ¿no olvidas algo? ¿No me invitas a subir? —Parece desesperado.

Me gusta ver a un chico desesperado por acostarse conmigo.

Es un cambio agradable después del rechazo de Tahoe.

Lo miro. Es simpático, le intereso de verdad y no le intimidan mis modales algo bruscos. Wynn está con Emmet y Rachel con Saint. Quiero otra oportunidad, aunque no quiero volver a sentirme como con Paul.

Pero todavía no.

—Tal vez en otra ocasión.

Me doy la vuelta y me llama.

—¿Gina?

Rebusca en un bolsillo y me mira.

—No tengo mucho efectivo para cuando me deje en mi casa.

Lo miro y reconozco:

—No sé si tengo bastante.

Saco billetes y monedas de la cartera y me ayuda a contar.

—Sí, con esto ya está, también los céntimos. Gracias.

—Vale —digo y echo a andar hacia la puerta del edificio—. ¿Sabes qué? —Me doy la vuelta—. Sube a tomar un café o algo. ¿Por qué no?

—¡Vaya, gracias! —responde y sale del taxi a toda prisa.

La subida hasta mi piso transcurre sin incidentes. En silencio, me pregunto si estoy segura de lo que hago. Trent rebusca en los bolsillos como si no recordase si lleva preservativos.

—Quiero ir despacio —digo.

—¿Cómo de despacio? —Saca un paquete arrugado y respira emocionado.

—No me ha ido muy bien con los hombres.

—Ya. —Se rasca la barbilla—. Te entiendo.

—Vamos a dejarnos llevar y ver cómo va todo.

No va bien.

Capítulo 4

¡Emergencia!

¿Por qué cuando pasa algo malo, las rencillas que tenemos con los demás nos parecen tonterías?

Lo único que sé es que, a pesar de los problemas que pueda tener con Tahoe, es el único en quien he pensado durante esta última hora y el único que me ha ayudado a mantener la cordura.

Estoy en el hospital. Ya me han atendido, pero sigo sentada fuera en un banco. Me debato entre llamarlo o pedir un taxi. Me decanto por la primera opción y decido llamarlo al teléfono fijo. Si está en casa, genial, y si no…

Reúno el poco valor que me queda después de la odisea que acabo de pasar y observo, distraída, cómo meten a un hombre en una camilla en urgencias mientras marco el número.

Responde una voz de mujer entre risitas.

—¿Está Tahoe? —Nerviosa, me cambio el móvil de oreja.

—Está ocupado atando a alguien a la cama. ¿Quién es?

Se oyen más risas femeninas y un carraspeo masculino de fondo. Se me revuelve el estómago.

—Nadie importante.

Cuelgo y suspiro.

Mi teléfono suena a los cinco segundos. El nombre de Tahoe Roth aparece en la pantalla y me quedo de piedra. El tono suena una vez, dos, tres y no sé si responder o dejar que salte el contestador.

¿Respondo o no? ¿Qué hago? ¿Quiero que lo sepa o prefiero que me trague la tierra?

Al final contesto e intento parecer lo más natural posible.

—Te llamé sin querer, no hacía falta que devolvieras la llamada.

Se oyen risitas de fondo y una puerta que se cierra.

—¿Qué pasa, Regina? —Suena divertido.

—Me acosté con Trent y el condón se rompió.

Silencio.

—Se rompió y después no lo encontraba —vomito las palabras y se me rompe la voz. Frunzo el ceño y miro las puertas de cristal del hospital, con la voz todavía temblorosa—. Acabo de pasar la experiencia más humillante de mi vida en un hospital mientras un tío… —Me estremezco—. En fin, el condón se rompió y ahora tengo que tomarme la pastilla del día después, pero no quiero volver a entrar ahí y pedirla. —Suspiro—. ¿Tú qué tal? Pareces ocupado. No creo que a la chica atada a la cama le haga gracia esperar mientras te cuento mi vida.

Oigo su voz amortiguada.

—Desátala y marchaos. —Se acerca de nuevo al altavoz—. Ahora mismo voy.

—¿Qué? ¡No!

Cuelga.

Le mando un mensaje.

¡Ni siquiera estoy en casa!

¿Dónde estás?

Dudo, pero al final le digo el nombre del hospital.

Doy vueltas en círculos mientras espero. Las ruedas de su coche no tardan en derrapar a la entrada del hospital y me abre la puerta del pasajero desde dentro para que suba.

Está muy guapo, más que nunca. Aprieto los labios, humillada de nuevo y, al mismo tiempo, aliviada.

De todos los números de la lista de contactos, no sé por qué le he llamado. No sé por qué salí a toda prisa del apartamento sin ni siquiera mirar a Trent ni pedirle que me acompañara.

En algún rincón de mi mente, mientras vivía el incómodo y humillante momento de abrir las piernas para que una mano enguantada recuperase el preservativo, pensar en Tahoe me consoló. Lo utilicé para distraerme, para no sentirme tan sucia y sola. Y aquí estoy ahora, en la entrada del hospital mientras él se inclina sobre el asiento del pasajero y espera a que me mueva.

—Sube —me ordena con las cejas hundidas y preocupación en la mirada.

Lo hago, cierro la puerta y me quedo encerrada en el interior del Ghost blanco.

El olor a cuero y a pino me invade las fosas nasales, un aroma que me recuerda mucho a él.

Se crea un silencio cuando me siento. No dice nada y tampoco se mueve. No suelta el volante y respira con la mandíbula apretada. Me doy cuenta de que es probable que huela fatal: a hospital, a antiséptico y, tal vez, incluso a sexo. Se da la vuelta como si fuera a decir algo.

—No me vengas con tonterías —digo, molesta.

Frunce el ceño.

—No pensaba hacerlo.

Resoplo.

Cambia de marcha, se incorpora al tráfico y se ríe sin ganas. Está enfadado, lo noto.

—Estoy enfadado por ti. ¿Qué clase de imbécil…?

—Fue un accidente, ¿vale?

Gruñe entre dientes.

—Una mierda. —Me mira y suaviza la voz a la vez que me levanta la barbilla para que nuestros ojos se encuentren—. Oye, ¿estás bien?

El contacto me destroza por dentro. Los ojos se me llenan de lágrimas y aparto la vista hacia la ventana. Deja caer la mano y la pone en el cambio de marchas.

—No es perfecto, ¿y qué? —espeto y levanto las manos—. Muchas veces no suelen serlo, y te preguntas para qué te molestas —Miro por la ventana—. Pero te acuerdas del cariño, de dormir abrazada a alguien y sentir el calor de otro cuerpo y la perfección deja de importar.

Silencio.

Lo miro a la defensiva y me cruzo de brazos.

—¿Por qué te cuento esto? Ni siquiera lo entenderías. Dudo que hayas dormido con una mujer después de, ya sabes.

—Cierto, Gina. Las uso y después si te he visto no me acuerdo —responde con sarcasmo, casi con una pizca de autodesprecio.

Vamos a una farmacia a comprar la pastilla del día después por si acaso.

Añade un paquete de chicles, saca la tarjeta y lo paga todo.

—Gracias —susurro mientras saco los chicles de la bolsa, se los paso y camino hasta el coche—. Nunca me he tomado una, pero Wynn sí y dice que lo pasó fatal. Estuvo malhumorada y dolorida —protesto cuando me abre la puerta.

Se pone al volante y conduce mientras nos rodea un silencio incómodo hasta mi casa. Aparca y, cuando me dispongo a darle las gracias y a marcharme, apaga el motor y me sigue.

Subimos en silencio en el ascensor.

Me quita la llave cuando la saco del bolso, abre la puerta y espera a que entre. Tahoe nunca ha estado en mi piso. Me resulta muy raro verlo aquí. Se quita la chaqueta, se remanga el jersey azul marino y se acomoda en el sofá.

—¿Qué haces? —pregunto.

No sé por qué, pero verlo invadir mi casa y mi sofá hace que me sienta vulnerable. Es extraño lo íntima que me resulta la situación.

Se quita los zapatos.

—¿Vas a quedarte?

Arquea una ceja y coge el mando de la mesita.

—Por si te encuentras mal, malhumorada y dolorida —repite mis palabras con una sonrisa burlona.

Frunzo el ceño.

Enciende la tele y en la pantalla aparece la serie que estaba viendo: *Vikingos.*

A mi pesar, admiro al hombre de la tele y luego al que está en el sofá. Los dos son salvajes, rubios y viriles. Uno de ellos, el de verdad, me corta la respiración.

—Os parecéis —digo en tono acusador—. Ragnar y tú. Tenéis la misma mirada de cazador. No pareces refinado ni cuando llevas traje, como si estuvieras fuera de lugar. —Salvaje e indómito—. Como un neandertal.

Frunce el ceño y da una palmadita en el sofá.

—Ven aquí.

—No soy un perro, no me des órdenes.

Pero lo hago de todas formas. Me quito los zapatos y me siento a su lado. Me rodea con el brazo y me tenso. Su pecho es como un muro. Me acaricia el brazo y suelta una risita.

—Anda, relájate —susurra y, sin querer, su sonrisa me roza la oreja.

Es maravilloso que te abracen sin expectativas ni intenciones sexuales, solo un abrazo. Cierro los ojos y me relajo.

—Ya no puedo permitirme este piso —le cuento—. No voy a renovar el contrato. Wynn se va a vivir con Emmett y no quiero otra compañera de piso. Voy a buscar un sitio más pequeño solo para mí.

No me había dado cuenta de que le estaba acariciando el pecho al hablar. Me observa con la mirada perdida. El ambiente se vuelve tenso.

Me sostiene la mirada.

Tiene una expresión hambrienta y, bajo esa mirada, esconde una apariencia primitiva tan intensa que casi duele.

—Debería irme —dice en voz baja.

—Deberías —repito en el mismo tono.

Me suelta de mala gana, recoge la chaqueta y se marcha sin decir nada más.

A los pocos minutos, Tahoe vuelve a estar en la puerta de mi casa, con la chaqueta en una mano y la otra metida en el bolsillo de los vaqueros oscuros. El jersey azul marino le queda increíblemente bien.

—El portero me ha dejado entrar.

Siento como si estuviera sonámbula, como si su mirada me absorbiera.

—Ya lo veo.

Entra y cierra la puerta.

—Me quedo a dormir.

—¿Perdona? No, de eso nada.

Deja la chaqueta en el sofá en el que estábamos sentados hacía un momento y merodea por el piso como una bestia salvaje.

—¿Dónde está tu habitación?

—Ahí —Señalo el pasillo y me sorprendo cuando se dirige hacia allí—. ¿Qué haces?

—Mira, seguramente todavía haya un montón de chicas en mi casa. Esta noche no me apetece jugar.

—Me da igual lo que te apetezca. No quiero que…

Se tumba en la cama.

—… te tumbes en mi cama ni que…

Se quita los zapatos. No lleva calcetines, tiene unos pies muy sensuales.

—… pongas los pies en…

Sube los pies a la cama y se quita el jersey. De repente, está desnudo de cintura para arriba y me cuesta hablar.

—… en… ¡No! ¡Para! ¡No te metas debajo de las sábanas!

Se mete bajo las sábanas, descalzo, con el pecho desnudo y en vaqueros. Después sonríe y se cubre los brazos. Saca los pantalones y los tira a un lado.

Cojo una almohada y suspiro mientras me tumbo en el otro lado.

—Métete —dice sin rodeos.

—Espera, ¿qué?

—Métete debajo de las sábanas. Esta noche sentirás el calor de otra persona en la cama, Regina.

Intento protestar, pero me quedo sin habla.

Abrazarse y darse calor... Los amigos también lo hacen, ¿no?

Trago saliva, camino hasta el baño, cierro la puerta, me lavo los dientes y me miro al espejo. Sigo maquillada, pero no tan bien como me gustaría. Me retoco y me tiemblan las manos, no sé por qué. No pienso acostarme con él. Jamás.

Tuvo su oportunidad.

Tuvimos nuestra oportunidad.

Ahora somos amigos.

Salgo y me quito el vestido para ponerme una camiseta. Siento cómo me mira mientras me quito el sujetador bajo la ropa. Lo tiro al suelo y me subo a la cama. Los muelles chirrían cuando levanto las sábanas para meterme dentro.

Abre los brazos y sonríe con inocencia, aunque su mirada no dice lo mismo. Sus ojos son tan inocentes como los del demonio. Incluso viendo todo lo que acecha en su oscura mirada, siento la tentación de confiar en él. Confiar en que, a pesar de sus reacciones instintivas hacia mí, está decidido a ser mi amigo.

Sin embargo, no quiero que el recuerdo de lo que se siente al estar rodeada por esos brazos musculosos me aceche, así que niego con la cabeza.

—Sin tocar. Quiero mi espacio.

—¿Tu espacio? —Suelta una risita—. Resulta que estoy en tu espacio, Regina. ¿No querías abrazos y calor humano?

—Abrazos de amantes, no de amigos. Por cierto, me alegro de que lo seamos —reconozco mientras me acomodo y me aseguro de que nuestros cuerpos no se tocan.

De reojo, veo unos calzoncillos negros apretados y unas largas piernas masculinas y aparto la mirada de inmediato cuando siento una punzada entre las piernas.

Se ríe con incredulidad.

Levanto la cabeza con el ceño fruncido y todos los sentimientos agradables y cálidos que le profesaba desaparecen.

—¿Qué pasa? ¿No lo somos? —acuso.

—Me callo. —Finge cerrarse los labios con una cremallera imaginaria.

—Hablo en serio. ¿No quieres que seamos amigos? ¿Para que no te llame e interrumpa tus noches de diversión?

—Regina, me alegro de que seamos amigos.

Frunzo el ceño, pero me relajo un poco ahora que sonríe de verdad, incluso con la mirada. Hace que me derrita.

—Te debo una.

Coge el mando de la mesita de noche.

—No te preocupes. Me la cobraré.

—Solo llevas en mi casa una hora y ya te has apropiado de mis dos televisores —protesto.

Ahueco la almohada y me aseguro de que haya suficientes centímetros de separación entre nosotros, de la cabeza a los pies.

—Quédate en tu lado.

Capítulo 5

Gabardina

Me abrazó.

Al día siguiente en el trabajo, mientras organizo los cajones de maquillaje, recuerdo la oscuridad total de la habitación cuando nos quedamos dormidos.

Pienso en cómo cambió de postura, cómo sus ojos buscaron los míos y cómo puso la mano en mi estómago para acercarme y pegar mi espalda su cuerpo.

Ninguno de los dos dijimos nada mientras desayunábamos café y tortitas a la mañana siguiente. Ni siquiera me besó en la mejilla cuando se marchó al trabajo; llegaba tarde a una reunión y tenía prisa. Levantó los dedos en forma del signo de la paz y salió por la puerta.

Llamo a Wynn en el descanso.

—¿Por qué te abrazó? —Hay un timbre de duda en su voz.

—No lo sé.

—Ve a tirártelo.

Las ganas de hacer lo que dice arden con tanta intensidad que se me nubla el pensamiento. Ninguna racionalización sería capaz de apaciguar ese fuego.

Por la tarde, cuando salgo del trabajo, me pongo una gabardina sin nada debajo salvo un tanga rosa. Voy a su casa. He estado aquí un par de veces y el portero sabe perfectamente que Tahoe es un ligón y deja pasar sin reparos a todas las chicas. El ascensorista asiente con formalidad cuando le digo que voy al ático, para lo que hace falta que introduzca una llave especial.

Lleva una placa dorada con su nombre: Ernest.

Se muestra estoico cuando llegamos al piso de Tahoe y le doy las gracias en un susurro.

Entro en el piso y veo su Van Gogh azul y amarillo sobre la chimenea del estudio. Hay música de fondo: *Walk,* de Kwabs. Una canción perfecta para besarse, para todo. Camino hasta el salón, donde me encuentro a Tahoe rodeado por dos mujeres. Está de pie, sin nada que le cubra los músculos ni la piel bronceada. Ellas también están desnudas.

Contengo el aliento. Desaparece de mi campo de visión cuando insta a una a que se tumbe en el sofá. Echo un vistazo desde detrás y lo veo inclinarse sobre ella. Su cuerpo se contrae y se muestra poderoso.

—Las damas primero —dice cuando la chica se corre.

Cruzo el pasillo tan rápido como me permiten los tacones sin hacer ruido y, de repente, no sé qué hacer. No sé ni cómo contarle a Wynn lo que acabo de ver.

«Las damas primero».

Joder.

Menudo…

Llevo años encerrada en mí misma, pero desde hace poco me he sentido con ganas de volver a darles una oportunidad a los hombres. Soy incapaz de comprender por qué me obsesiona este en concreto. Es peor que Paul.

Salvaje. Un semental. Es realmente atractivo. Irreverente. Insaciable. Incorregible. Puro yo, yo y yo… Porque también es egoísta y nunca se preocupará por nadie más que de sí mismo.

Llego al ascensor y pulso la flecha de bajada una y otra vez hasta que tintinea.

Pero lo hace justo cuando termina la canción y todo se queda en silencio, lo que significa que es muy probable que lo haya oído.

Me meto a toda prisa y le doy al botón del vestíbulo, acompañada por otro ascensorista, Richard.

Nerviosa, miro cómo los números bajan hasta el vestíbulo, salgo acelerada y voy directa hacia las grandes puertas giratorias cuando suena el otro ascensor.

Entonces, oigo un acento de Texas que me resulta familiar.

—Regina.

Freno de golpe y me aprieto el cinturón de la gabardina.

—Gracias, Ernest —dice Tahoe, con su acento marcado.

Me doy la vuelta y casi tropiezo cuando me encuentro con su mirada desconcertada.

—Hola —digo.

Levanta las cejas interrogante.

—He venido a ver a una clienta y me he equivocado de piso —arrastro las palabras mientras se acerca con la camisa blanca abierta, los labios fruncidos, los ojos brillantes y el pelo despeinado…, tan apuesto. Me duele que esté tan fuera de mi alcance.

Me doy la vuelta para irme, pero da un paso adelante.

—Entonces, ¿por qué te vas?

—Porque he visto que me ha dejado un mensaje para cancelarlo y no me había dado cuenta.

Me percato de que agito el móvil en el aire como una imbécil, así que me lo guardo en el bolsillo y me vuelvo a girar como un resorte.

En ese momento extiende la mano, me agarra por la parte de atrás de la gabardina y me vuelve un poco hacia él. Dejo que me mueva como a una peonza, con los sentidos descontrolados por el contacto inesperado. No lo entiendo.

Me acaricia la mejilla con un dedo y siento fuego por donde me ha tocado.

—¿Me has oído? —pregunta.

Sus ojos brillan de un modo peligroso.

—No. ¿Qué has dicho?

De nuevo, me pierdo en su mirada, tan profunda como el mar.

—Si quieres que te lleve a casa.

Cuando habla, sus palabras me acarician por dentro como si de pequeñas olas se tratasen.

Levanta la mirada y me observa la cabeza.

—¿Qué te has hecho en el pelo?

—Me he peinado.

Me alza el rostro por la barbilla un par de centímetros para estudiarme con interés.

—Eso parece. Estás guapa. Deberías hacerlo más a menudo.

Siento el mismo pinchazo en el estómago que sentí cuando hablamos en mi piso y cuando se metió en mi cama. Me mira de nuevo a los ojos y siento que derrumba todas mis barreras, como si supiera a qué he venido y por qué, algo que me aterroriza que descubra.

—No me importa llamar a un taxi —digo y, de pronto, siento muchas ganas de salir allí—. Tengo que ir a un sitio.

Solo quiero irme. ¿Por qué no me muevo?

Me gusta pasar tiempo con él más que con cualquiera con el que he estado. Me levanto y ya tengo ganas de verle de nuevo.

—De todas formas, gracias por ofrecerte —añado—. Eres un gran amigo. Muy leal.

—Tú también.

—Entonces, ¿por qué no puedes serlo en las relaciones?

No sé por qué le pregunto eso ahora, pero no puedo resistirme. Ha sido un gran amigo para mí y es igual de leal con Saint y Callan. No entiendo cómo a alguien que es tan bueno con sus amigos se le dan tan mal las relaciones.

—Es imposible que tengas tan poco control sobre tu propio cuerpo.

—Controlo mi cuerpo a la perfección, Gina —Se ríe, sorprendido, y me sonríe—. Una vez lo fui. —Su voz suena sombría.

—¿Qué pasó?

Su mirada se vuelve cínica y fría. Se muestra resignado y enfadado a la vez.

—¿Qué más podría ser? La vida.

¿Le traicionaron?

¿Por qué alguien lo traicionaría? ¿A la representación de la masculinidad más salvaje?

Nos miramos durante un rato y el portero finge no vernos. Sé que tengo que irme, pero él tampoco se mueve.

Levanta el pulgar y señala hacia arriba, en dirección a los pisos superiores.

—Siento que hayas tenido que ver eso.

Hago un gesto para quitarle importancia, decidida a que nunca sepa cuánto daño me hace que sea lo bastante bueno para otras, pero no para mí.

—No pasa nada. Es perfecto para ponerse a tono.

Frunce el ceño.

Sonrío.

—Bueno, adiós.

Me estiro para darle un beso en la mejilla, cierro los ojos e inspiro su aroma. Luego me despido con la mano mientras salgo a la calle.

Hay cierta ternura en su mirada. Se cruza de brazos y me observa con interés, como si supiera que le he mentido.

Me subo a un taxi pensando en él. Lo deseo. Quiero ser la chica que estaba bajo su cuerpo. No recuerdo haber deseado nada tanto, excepto aquel «no te quiero» de Paul.

Llamo a Rachel.

Salta el contestador.

Está de camino a Tombuctú o a saber dónde y me ha mandado un par de mensajes y correos. Es posible que se escape un minuto para contactar con nosotras y después vuelva a ser la señora Saint de luna de miel.

Estoy en la acera delante de mi edificio, en ropa interior y una gabardina. Llamo a Trent.

—Hola, ¿te apetece que quedemos en algún sitio para acabar lo que empezamos?

Quedamos al día siguiente en un bar que, según Rachel, es el nuevo local de moda.

—Me alegró que me llamaras. Siento haber perdido los nervios —se disculpa con timidez mientras se frota las mejillas cubiertas de pecas.

—Al menos he aprendido algo: no confiar en ti cuando te pongas un condón.

Se ríe.

—Dame otra oportunidad —suplica.

Acerco su cara a la mía y lo beso.

—Tal vez esta noche —susurro.

Me muerdo el labio al ver el deseo en sus ojos y suelto una risita.

Me alegro de haberle llamado cuando Tahoe llega con Callan y otro chico que no conozco. Me mira a través de una sala llena de gente, con la música a todo volumen, y después a Trent.

De pronto, se pone serio y frunce un poco el ceño.

Me quedo sin aliento y me termino la copa para disimular. Alguien le palmea la espalda y llama su atención.

—¿Cuál es su problema? —se queja Trent—. Se cree el rey del mundo. Odio a los tíos como él.

—La semana pasaba no te importó que nos pagase la cena y la anterior fuiste a su fiesta.

—Perdona, es que no me gusta cómo te mira. ¿Quieres otra copa?

—Sí, gracias.

Se marcha cuando empieza a sonar *All We Need,* de Odesza. Tahoe me mira. Le devuelvo la mirada y el corazón se me acelera en el mismo momento que echa a andar en mi dirección.

Se mueve como si fuese el dueño del mundo. Parece que la multitud se aparta para abrirle paso.

Esboza una sonrisa. A un paso de distancia, extiende el brazo con algo de sorna y me ofrece una mano.

—Creo que es nuestra canción —dice, sin rodeos. No se parece en nada al Tahoe juguetón y divertido que suelo ver en los bares.

Me entran ganas de reír, pero él está muy serio.

—Sí que lo es, ¿verdad? —respondo, y le sigo el juego.

Miente. No tenemos ninguna canción. Pero me aburro y él también. Entre risas, le doy la mano como una dama y dejo que me arrastre hasta la pista de baile. Sonríe y me mira cuando encuentra un hueco. Se inclina y el calor de su cuerpo me rodea.

—¿Es él?

Asiento, levanto los brazos y me agarro a su cuello. Nos movemos al son de la música.

Se mueve con agilidad, como un gato salvaje. Vuelve a mirarme, esta vez durante más tiempo.

—¿Cómo estás?

—Bien.

Me cuesta concentrarme cuando mi cuerpo está tan cerca del suyo.

Un escalofrío me recorre la columna y creo que se da cuenta porque me acaricia con la mano desde la nuca hasta la parte baja de la espalda.

—¿Por qué quedas con él?

—Es un polvo fácil.

Frunce el ceño y me mira con incredulidad.

—¿Que se te quede un condón dentro no basta para quitaros las ganas?

Me agarra por la muñeca y me saca de la pista de baile. Lo sigo confundida.

—¿Dónde vamos?

—A cualquier otra parte.

Me lleva hasta los ascensores, me arrastra dentro del primero que se abre y le da al botón de la terraza.

No estoy preparada para las vistas. Son espectaculares. El viento me golpea en la cara en cuanto salimos y me sorprende que haya altavoces en la terraza por los que suena la misma música que abajo. Hay muchas zonas vacías para sentarse. Supongo que en verano la gente sube, pero se acerca la Navidad y hace semanas que ha llegado el frío a Chicago.

Like I Can, de Sam Smith, suena mientras nos acercamos a uno de los sofás vacíos.

—A lo mejor esta es la canción que te dedica. ¿Crees que le gustas de ese modo? —Tahoe se inclina hacia delante, apoya los codos en las rodillas y me mira.

Sam Smith sigue cantando: «Nunca te querrá como yo…».

—Ya, claro. —Me río e intento controlar mi pelo revuelto por el viento.

Sigue serio.

—¿Por qué estás tan segura?

—Porque a nadie le gusto de ese modo.

Le desaparece la sonrisa. No sé por qué he dicho eso.

Nos miramos un buen rato. El silencio es absoluto, ni siquiera se oyen nuestras respiraciones. Me siento como si intentase empaparme de cada segundo de este momento: la letra de la canción, la sombra de sus ojos azules, la línea de la mandíbula y los haces de luz de la luna.

Su mirada me provoca un calor en el estómago difícil de soportar.

—El tal Paul —dice mientras apoya un brazo en el respaldo del sofá y coloca la mano peligrosamente cerca de mi nuca—. ¿Dónde está ahora?

—No tengo ni idea, pero espero que en algún rincón del infierno.

Se ríe por lo bajo, una risa lo bastante profunda para que me llegue a las entrañas, y sonríe.

—¿No le sigues la pista?

—No, no me interesa conocer los pormenores de la vida diaria de ese saco de mierda.

Se ríe con más fuerza y yo sonrío con ganas. Se mueve y me estremezco.

Se quita la chaqueta. Quiero protestar, pero cuando me cubre con ella, me quedo muda. Agacho la cabeza al notar que me sonrojo; no quiero que se dé cuenta.

—Gracias —farfullo y me abrigo más.

Me acomodo en el calor de la chaqueta y observo la ciudad.

—Me envió una carta hace unos meses. La metí en el cajón de la ropa interior y no la abrí. Cuando le dije que no quería volver a saber nada de él, no entendió que eso incluía las palabras escritas.

—Vamos a abrirla.

—¿Cómo? No, no quiero.

—Sí que quieres. —Me hinca un dedo en la barriga y se lo agarro.

—De verdad que no. —Le aprieto el dedo.

Se suelta y esta vez me roza la nariz con la yema.

—Mentirosa.

Abro la boca y le muerdo el dedo antes de que lo aparte.

—¡Eh! ¿Tienes hambre, gatita?

Lo suelto y me río.

—¿Qué haces con ese tío, Regina?

—¿Perdón?

—¿Qué haces con él?

Lo miro.

—Tengo muchas ganas de echar un polvo.

—No, que va. —Me sonríe—. Tienes ganas de hacer el amor. No es lo mismo. —Me mira y le brillan los ojos—. A la luz de las velas, sobre unas sábanas limpias y bonitas…

—¡No! ¿Dónde están tus ganas de aventuras? Contra la pared me vale.

—Tu pelo derramado sobre la almohada, totalmente desnuda…

—Te equivocas, solo quiero sexo duro, a medio vestir. No me gusta estar desnuda cuando follo, hace que me pregunte qué aspecto tengo y no me gusta comerme la cabeza.

Arquea las cejas.

—¿En serio?

—Del todo. Pregunta a los miembros del club.

Está molesto.

—Los miembros de ese club no deben de ser muy buenos si no consiguen que te olvides de ti misma.

—No todos tienen tanta experiencia como tú.

No se ríe, solo me mira.

—¿Ni siquiera en ponerse un preservativo?

Me río.

—Por favor, no me lo recuerdes. —Me encojo de hombros—. A lo mejor quiero que me hagan el amor. Me lo merezco.

Me coloca un mechón de pelo detrás de la oreja y sonríe.

—Eso hace que me apetezca que sea con él esta noche.

—¿Gina?

Sobresaltada, levanto la mirada y me pongo en pie cuando veo a Trent salir del ascensor con mi copa en la mano.

—Alguien os vio subir aquí.

Miro a Trent arrepentida, luego a Tahoe.

—Tengo que irme.

Tahoe frunce los labios y tensa la mandíbula. Mete las manos en los bolsillos, se levanta y me observa marchar. Sonrío mientras subo al ascensor y él me mira y me dedica media sonrisa. Aunque le he dicho Trent que será mejor aplazar la sesión de sexo, no dejo de sonreír al llegar a casa. ¿Lo ha dicho en serio?

¿Quiero que lo haya dicho en serio?

¿Quiero hacer algo con esa información?

Me meto en la cama, saco el iPod y me pongo los auriculares. Me pregunto si soy lo bastante valiente para actuar o si es mejor dejar las cosas como están. Horas después, me levanto y me acerco a la cómoda. Abro el cajón de arriba y echo un vistazo debajo de la ropa, donde guardé la carta de Paul hace meses. Ni siquiera se lo conté a Rachel. Por suerte, era yo la que recogía el correo mientras ella se enamoraba de Saint, el antiguo mujeriego.

Sigue aquí.

Cierro el cajón de un golpe. No le daré a ese cabrón la satisfacción de leerla.

Capítulo 6

Noviembre

La primera semana de noviembre recibo una llamada de Rachel. Parece feliz y muy lejos. Mientras nos decimos cuánto nos echamos de menos, le pido que me hable de la luna de miel y me cuenta los sitios que han visitado. Me pregunto si alguna vez saldré de Chicago. O mejor aún, si saldré de Chicago con un hombre por el mero hecho de que seamos la persona favorita del otro en el mundo con la que pasar tiempo.

Me pregunta si iré a la exposición de la galería de Wynn este fin de semana.

Le digo que no puedo porque tengo que trabajar, que es una verdad a medias. Intenta sacarme más información, así que le explico que ahora hago trabajos a domicilio y que pasé el día de Halloween haciendo maquillajes de monstruo, lo cual fue bastante divertido.

—¿Has visto a Tahoe y a Callan? ¿Qué hacen ahora que mi chico no está?

—Nada bueno —digo—. Tahoe no deja de pedirme que vaya a un partido de *lacros*se.

—Ya, le contó a Saint que no había manera de convencerte. ¡Tiene muchas ganas de que vayas! —Se ríe.

Hablamos un poco más y después cuelgo. Me siento algo triste por no ir a verlo jugar, y no siento el alivio que creía que me traería esquivarlo. En lugar de eso, me siento incómoda y tengo curiosidad por saber qué haría o diría si apareciera.

Trent me ha pedido quedar todos los sábados de estas últimas tres semanas. Al principio dudé, pero al final decidí que quería ver adónde va esto, así que le he dicho que sí todas las veces.

Echo un vistazo al apartamento mientras Trent ronca en la cama.

Podría funcionar.

Por primera vez en mucho tiempo, creo que es posible.

Me llevo las rodillas al pecho y lo miro. Ahora me siento mucho más relajada con el sexo entre nosotros. Es bueno. Me levanto y preparo el desayuno. Intento dejar la bandeja lo más bonita y perfecta posible.

Lo atribuyo a la punzada de culpa que siento porque anoche, por un minuto, me distraje durante el sexo y pensé en, bueno, él.

Ojalá mi mejor amiga estuviera en la ciudad para recordame todas las cosas que Saint le ha contado sobre Tahoe y que me molestan. Son muchas, pero ahora mismo solo recuerdo una: las chicas con las que sale.

Vuelvo a preguntarme por qué es lo bastante bueno para ellas, pero no para mí.

—Regina, vuelve a la cama —grita Trent desde la habitación y termino de colocar la bandeja.

—Espero que te gusten los huevos.

—Eh, no. Soy vegano. —Frunce el ceño—. ¿No te habías dado cuenta?

Bajo la vista a la bandeja. Me dan ganas de tirarla al suelo y meter la cabeza en un cubo debido a la vergüenza. Llevamos varias semanas saliendo, ¿no me había dado cuenta de que nunca come carne ni lácteos?

Me fastidia admitirlo, pero pensé que simplemente era un poco tacaño, hasta el punto de que también empecé a pedir entrantes como plato principal.

—No importa, ven aquí. Segundo asalto. —Levanta las sábanas.

—Eso suena bien. —Aparto la bandeja de mala gana y busco un poco de entusiasmo por el sexo mañanero.

—Estoy seguro al cien por cien de que esta vez tampoco voy a cagarla con el condón —dijo con timidez.

—Me alegro, no me apetece volver a pasar por eso.

El fin de semana me invita a ir al cine. Después de un ajetreado día de trabajo, me muero de hambre cuando llegamos al cine. Pido un paquete de palomitas mediano y una Coca-Cola, sigo a Trent dentro de la sala y me acomodo a su lado. Al final, compartimos las palomitas y me doy cuenta de que hacía mucho que no pasaba una velada tan agradable.

Capítulo 7

Los Saint

La semana siguiente me centro en el trabajo. En la calle hace frío y han empezado los primeros días de lluvia incesante. Estar sola en el piso durante el día es muy deprimente, así que casi nunca paso por ahí. Salgo a comer con compañeras o amigos, incluso con Valentine, una amiga de Rachel. También he trabajado muchísimo, he cogido turnos extras y he añadido más visitas a domicilio a mi horario.

Una mañana llamo a Rachel desde el trabajo.

—¡Gina! ¡Ahora mismo estamos en el avión de vuelta a Chicago! ¡Tengo muchas ganas de verte! ¿Quedamos esta noche? Mierda, tengo que deshacer las maletas.

—No pasa nada. Voy a tu casa y te ayudo.

Me apetece mucho verla.

Esa noche voy al nuevo ático de los recién casados. Wynn tiene la inauguración de otra galería, así que no me acompaña.

Hablamos sin cesar durante la primera hora mientras deshace las maletas. Me cuenta todo lo que han hecho en la luna de miel. La nueva casa es tan enorme y preciosa que me distraigo con facilidad.

Escucho voces masculinas en el salón, combinadas con ruidos de pasos largos y pesados que después desaparecen. Me gustaría saber si Saint ha quedado con sus amigos esta noche, pero no quiero darle alas a mi curiosidad y decido que, si le voy a contar algo de lo que pasa en mi vida ahora mismo, es lo de Trent.

—Bali es muy bonito. Me hubiera quedado allí para siempre. Fuimos a Bora Bora y a Dubái. Después, Saint tuvo que pasar por Berlín por negocios, pero me alegro de estar en casa.

—Rachel, podría perderme en este piso.

—Lo sé. Parece demasiado grande para los dos. Pero bueno, ¡háblame de ti!

—¿Qué es esto? —Saco una bonita caja de terciopelo de la maleta.

Se acerca y la abre. Dentro hay un par de pendientes preciosos e irregulares de perlas grises.

—Unas perlas negras que encontramos en las calles de Papeete. Saint me dijo que podía comprarme unos pendientes mucho mejores, pero yo quería estos. Estaban justo ahí, en el momento en que pasábamos, y me gusta que no sean perfectos. ¿A ti no?

Se los pone y saca una camiseta de la maleta.

—Te he comprado esto. La vi en Harrods y me recordó a ti.

Es una camiseta blanca con una impresión de Marilyn Monroe y unas letras rosas que leen: «Debajo del maquillaje y la sonrisa, soy solo una chica que se interesa por el mundo».

Me la acerco al pecho.

—Es perfecta. Me encanta. Gracias, Rache.

—¿Cómo va todo? ¿Wynn ya se ha mudado?

—No exactamente. Puede que tenga que dejar el piso.

—¿Cómo? No, de eso nada, no vas a mudarte.

—Es demasiado grande para mí.

—¡Gina! Malcolm te pagará el alquiler. Insistirá en hacerlo. Vamos a preguntarle y te enseño las fotos. Están en su móvil.

—No dejaré que nadie me pague nada —siseo mientras la sigo hasta la biblioteca—. Como le digas algo a Saint, te mato, ¿me oyes? No voy a ser ninguna obra benéfica, lo tengo controlado —sigo.

Mientras nos acercamos a la puerta medio abierta, escuchamos voces masculinas al otro lado.

—Salgo con alguien —susurro para distraerla.

Gira sobre los talones para mirarme y, una vez procesada la información, pregunta:

—¿Cómo dices? ¿Cuándo lo conociste? ¿Cómo es que no me lo has contado?

Gruño.

—¡Estabas de luna de miel! Y no sabía si se convertiría en algo serio, así que…

—¿Y lo es o no? ¡Cuéntamelo todo!

Dudo porque, comparada con el torbellino de su relación con Saint, la mía con Trent parece muy simple. Pero lo simple es bueno para mí.

—Supongo que no tardarás en conocerlo —digo.

Se sorprende y me alegro mucho de volver a tener a mi amiga conmigo. No puedo evitar sonreír ante su expresión de confusión. Camino hacia la puerta y cambio de tema.

—Bueno, ¿me enseñas las fotos?

Frunce el ceño.

—Vas a contarme hasta el último detalle antes de irte —me advierte.

Asiento, río y abro la puerta.

—Sin pelos en los huevos, ¿vale? —dice Callan cuando entramos, seguido de varias risas masculinas.

Rachel abre la puerta del todo y entra en una biblioteca que albergaría una nación entera.

—Malcolm, Gina se ha quedado sin compañera de piso.

Me parece que el intento de distraerla no ha funcionado.

Su marido está apoyado en la estantería con los brazos cruzados sobre el pecho y estira uno para abrazarla.

—Eso no está bien —dice mientras Rachel le besa en la mejilla—. Hola, Gina.

—Hola, Saint. Lo tengo controlado, así que, por favor, ni se te ocurra. —Le dedico a Rachel una mirada de disgusto y ella me sonríe sin una pizca de arrepentimiento.

Aunque presentía que Tahoe estaba en la habitación, no lo veo hasta que me doy la vuelta. Se pone de pie y su altura resulta intimidante. Nos miramos. El azul de sus iris me atraviesa como un láser, saca las manos de los bolsillos de los vaqueros y su mirada alcanza los rincones más oscuros de mi cuerpo.

—Hola, Gina —Callan Carmichael me saluda con amabilidad desde donde está sentado.

Rachel y yo le devolvemos el saludo. Después, sin darle importancia, mi amiga dice:

—Hola, Tahoe.

De pronto, lo miro a él y solo a él. Si Malcolm Saint parece algún tipo de Zeus, Tahoe Roth sería, sin duda, un Hades rubio. Me cuesta articular las palabras y clavo los ojos en su rostro.

—Hola, forastero —digo.

Su sonrisa es como una descarga eléctrica.

—Hola a ti también.

Aunque parezca un Adonis, hay cierta oscuridad en su mirada. A veces, me pregunto si soy la única que la ve. La veo ahora al observarlo, hermoso e inquietante, con una barba de varios días y esos labios carnosos que me persiguen en sueños.

Sonríe, pero sus ojos se tornan sombríos, como dos pozos azules que me absorben.

—Saint, quiero enseñarle a Gina las fotos de la casa de Bali y todos los castillos que visitamos.

Saint señala a Tahoe, que levanta la mano para confirmar que tiene su móvil. No se lo da. Solo me mira mientras se sienta en un amplio sofá de cuero marrón y espera a que vaya y las vea con él.

Me siento a su lado, me inclino y echo un vistazo a la pantalla. Su olor me invade; huele a pino. Me encanta. Me resulta exótico, como unas vacaciones.

Con el pulgar, pasa las fotos en la pantalla.

Aparecen imágenes de un verdor exuberante y de los paisajes más fantásticos que jamás he visto, como la gigantesca y moderna casa de los Saint en Bali y un encantador castillo gris con un foso en medio del paraíso.

—Me voy a mudar ahí. —Le rodeo el brazo y señalo la foto del castillo.

—No. —Vuelve atrás y me enseña una foto de Versalles—. Aquí mejor.

Apoyo la barbilla en su hombro y lo miro en silencio.

—Es precioso. ¿Cuándo nos vamos?

Le doy un codazo y me lo devuelve con un brillo en la mirada.

—Cuando quieras. Ventajas de tener un avión privado.

—Capullo. ¿Me llevo el bañador?

Sonríe con malicia y asiente despacio.

—Si quieres, pero no es obligatorio.

—Espero que no estés sugiriendo que nademos desnudos. Sabes que solo lo hago en bodas y si estoy borracha.

—Solo digo que la suerte favorece a los valientes. —Me mira con una ceja levantada y el hoyuelo marcado.

—Valientes, no desnudos.

Suelta una risotada profunda y masculina, que me recorre el cuerpo como un escalofrío.

—¿Chicos?

Me sobresalto con la voz de Rachel y me percato de que Tahoe y yo estamos tan cerca que podríamos fundirnos en uno. Uno de mis pechos está pegado a la parte de atrás de su brazo, casi aplastado contra su tríceps, y tengo la barbilla apoyada en su hombro para ver las fotos.

Rachel y Saint están en la puerta. Mi amiga me mira con curiosidad y la expresión de su marido es inescrutable.

—Nos morimos de hambre y la nevera está vacía. ¿Os apetece cenar algo al otro lado de la calle? —pregunta Saint, que dedica a Tahoe una mirada significativa.

Me levanto despacio con las piernas temblorosas. Tahoe llama a su amigo y le lanza el teléfono.

Cruzamos la calle para cenar en un pequeño café. Wynn se une después de la inauguración de la galería y, como el bar está muy lleno y solo tiene mesas de hasta cuatro personas, los chicos se sientan en la barra y nosotras en una de las mesas.

Ellos llaman bastante la atención. Muchas mujeres que antes estaban en mesas, se han levantado para situarse en la barra y se amontonan a su alrededor, a la espera de que se percaten de su presencia. Saint las ignora, Callan les da conversación y Tahoe simplemente las deslumbra mientras babean.

Siento curiosidad por saber qué les dice para que lo miren con esos ojitos, así que me levanto y pido otra copa. Me sorprendo cuando descubro que está hablando de *lacrosse*. Esperaba algo mucho más lascivo.

Le preguntan de todo, pero él responde ausente y me observa. Flirtea y sonríe, pero sus ojos están fijos en mí.

Sentir su mirada me pone tan nerviosa que tropiezo con la pata del taburete de vuelta a la mesa. Se estira y me sujeta. Sus dedos me agarran del brazo con fuerza. Me recupero rápidamente y farfullo:

—Lo tengo controlado.

Pero lo cierto es que es él quien lo tiene controlado. Tiene las manos ocupadas con dos mujeres y, aun así, de alguna manera, libera una para tocarme.

Vuelvo a mi sitio y Rachel me interroga sobre Trent.

Mientras trato de no mirar hacia la barra, le cuento cómo nos conocimos, aunque evito mencionar el episodio del preservativo. Nadie lo sabe excepto Tahoe y prefiero que siga así. Ahora que lo menciono, también agradezco a Wynn que no comente que el otro día dormimos abrazados.

Le cuento a Rachel que Trent es pelirrojo y guapo, pero no del tipo que te deja sin aliento. Cuando se lo explico, miro a Tahoe de reojo, la representación del peligro y todo lo contrario a Trent, y me percato de que se acerca a nuestra mesa como una pantera. Me mira directamente. Ay, por Dios, se le marca el hoyuelo.

—Regina. —Me agarra del brazo para ayudarme a levantarme—. ¿Hablamos un momento?

Parece divertido y siento curiosidad por saber por qué, al mismo tiempo que, por algún motivo, quiero compartir esa diversión con él.

—Claro. —Me pongo en pie y lo sigo hasta la puerta—: ¿Qué pasa? —pregunto y entrecierro los ojos, aunque, al final, me contagia la sonrisa.

Echa un vistazo al cielo nublado y sonríe todavía más.

—Hace demasiado frío, mejor vayamos a sentarnos en el coche.

Caminamos hasta el Ghost, que está aparcado delante del edificio de Saint y Rachel.

Me abre la puerta del copiloto y después se sienta al volante. Dentro hace calor, pero me froto las manos y las soplo de todas maneras.

—¿Qué pasa? —repito—. Venga, me voy a congelar. Y a tus fans les va a dar algo como tardes más de dos minutos en volver.

—Estarán bien —asegura con chulería y me mira sonriente y el hoyuelo marcado.

—¿Qué pasa? —vuelvo a preguntar—. Tengo hambre y has interrumpido mi cena, Roth.

—¿Yo la he interrumpido? —Se ríe con ganas—. ¿No has sido tú al enviarme un regalito?

Saca algo del bolsillo y me cuesta unos segundos reconocerlas: son unas bragas de encaje rojas.

—No son mías.

Las mira con atención.

—Esas bragas no son mías. ¡Joder, eres asqueroso! —digo entre risas.

—¿De verdad que no? —Las repasa otra vez, sonríe y me mira—. Te tenía por el tipo de chica a la que le gusta el encaje rojo.

—Ni en broma.

Abre la guantera, donde hay un montón de bragas más.

—¡Joder, Tahoe! ¡Qué asco!

La cierra después de meter la nueva adquisición y me sonríe sin una pizca de vergüenza.

—Entonces, ¿cuál es tu tipo? —pregunta.

Apoya el brazo en el respaldo de mi asiento y se inclina un poco hacia mí.

—¿Perdona? —Me sobresalto al tenerlo tan cerca.

—¿Cuáles te gustan? Se puede saber mucho de una mujer por su ropa interior —Asiente, convencido.

—Os lo tenéis muy creído. Lo único que indican es nuestro estado de ánimo.

—¿De verdad?

—Pues sí. —Asiento tan convencida como él.

—¿Y cuál es el tuyo?

—Tengo hambre —digo sin pensar, consciente de que me ruge el estómago.

—Eso no es un estado de ánimo.

—Te aseguro que ahora mismo sí. Me muero de hambre y me pongo de mal humor cuando estoy hambrienta. —Miro hacia la guantera—. ¿Qué clase de mujer querría añadir sus bragas a ese montón?

—Una divertida y traviesa —responde.

Lo miro y sus ojos azules y tentadores me devuelven la mirada.

Aparto la vista hacia la ventana. Me siento algo molesta. En realidad, no es algo inusual, pero esta noche es peor, apenas lo soporto.

Hace frío, el invierno ya ha llegado a Chicago. Las ventanillas se han empañado por el calor corporal. Solo él está lo suficientemente caliente para empañar cualquier ventana; su cuerpo es como una hoguera. Siento el calor que desprende desde el asiento y me esfuerzo por no acercarme.

Me siento imprudente y algo alocada. Voy a demostrarle que también puedo soltarme la melena, ser divertida e impredecible. Capullo.

Giro el cuerpo para que no me vea, meto las manos bajo la falda y, despacio, me quito la ropa interior.

Entrecierra los ojos y sonríe con incredulidad. Le dedico una sonrisa traviesa, hago una bola con las bragas y las meto en la guantera.

—¿Acabas de quitarte las bragas, chica mala? —canturrea.

Asiento despacio, más impresionada que él.

—Si adivinas cuáles son las mías, te llevarás un sobresaliente y una estrellita —digo e intento que no se note mi respiración acelerada mientras le doy tres palmaditas en la mejilla. Después, sin decir nada más, salgo del coche.

Al cerrar la puerta, veo que coge todas las bragas antes de salir y seguirme. Presiona el botón del mando y coche se cierra con un pitido. Cuando subimos a la acera, las tira todas en la primera papelera que nos encontramos excepto unas, que mantiene apretadas en el puño.

—¿Acabas de tirar toda la colección? ¡Es muy posible que hayas tirado las mías!

—Ya veremos. —Sonríe, confiado.

Me lleva de vuelta dentro del local, se sienta en la barra y yo vuelvo a la mesa con mis amigas.

Desde el otro lado de la sala, veo como mete un dedo en el bolsillo delantero de la chaqueta de cuero y asoma un centímetro de tela.

Distingo las rayas azules de mi *culotte* de marinero.

Debería parecerme divertido, solo bromeaba. Sin embargo, todos los sentimientos y anhelos dormidos que Tahoe despierta en mí se acentúan al pensar que tiene en su poder algo tan personal como mis bragas. Cuando pienso en la colección que ya tenía, tengo casi las mismas ganas de golpearlo con todas mis fuerzas como de tomarle la cara entre las manos y besarlo.

Me siento aliviada y algo culpable cuando Trent me llama. Contesto y me tapo el oído libre para escuchar mejor.

—¿Sigues con tu amiga? —pregunta.

—Sí, con Rachel. Estamos cenando.

—¿Dónde?

Le doy el nombre del local.

—Me pasaré de camino a casa, ¿te recojo?

Miro a Tahoe y veo a una chica hablando con él. No puedo evitar preguntarme si será la que le metió las bragas rojas en el bolsillo.

—Claro —susurro.

A los veinte minutos, Trent llega en taxi y lo presento.

—Trent, esta es Rachel. Rachel, Trent.

—¡Hola! No hace ni dos horas que he vuelto y solo he oído hablar de ti —dice Rachel animada.

Llevo a Trent a la barra para presentarle a Saint y despedirme de todos.

Tahoe, que habla con una rubia, lo mira con los ojos entrecerrados mientras Saint le da la mano.

Cuando nos despedimos, Tahoe besa a la rubia en la mejilla y se pone en pie.

—Ya me voy. Os llevo. —Mira directamente a Trent cuando saca un billete de cien para dejarlo en la barra.

Quiero rechazar la oferta, pero Trent ya ha levantado la mano para agradecérselo.

—Si no te importa, nos harías un gran favor. Gracias, tío.

Voy de copiloto y Trent está sentado detrás. Silba, impresionado, al ver el interior del vehículo.

—Qué coche, tío. Menuda pasada.

—Es maravilloso, ¿a que sí? —La voz de Tahoe es grave e íntima cuando me mira de reojo; hace que me sienta sucia solo de oírla—. Algo temperamental, justo como me gusta.

Trent se ríe y yo frunzo el ceño.

Hay un momento de silencio antes de volver a oír el tono rasgado de la voz de Tahoe. Su acento parece más marcado.

—Oye, Regina, ¿puedes meter esto en la guantera? Alguna preciosidad me lo ha dejado y quiero asegurarme de que esté en perfectas condiciones cuando lo quiera de vuelta.

Me sonríe y me mira desafiante.

Meto las braguitas de marinero en la guantera mientras rechino los dientes y echo un vistazo por encima del hombro para ver si Trent está mirando. Por suerte, está entretenido con los asientos de cuero y los accesorios del coche.

Cuando Tahoe nos deja en casa de Trent, salgo del coche, pero, al segundo, pongo una excusa y doy la vuelta. Abro la puerta del conductor, me inclino y pregunto muy seria:

—¿Qué haces?

Me mira con esos ojos salvajes e indómitos.

—¿Quieres que rompa conmigo? Le gusto. Va a pensar que entre tú y yo…

Suspiro y me esfuerzo por recuperar la paciencia y el autocontrol. Estoy enfadada, pero no quiero hacer una montaña de esto y que Trent se dé cuenta de que pasa algo, así que abro la guantera para intentar recuperar mis bragas.

Tahoe las alcanza primero, se las vuelve a meter en el bolsillo sin un ápice de remordimiento en el rostro y la mandíbula tensa. Luego, asiente en dirección a Trent, que nos mira.

—Tu príncipe azul te espera.

Capítulo 8

Acción de Gracias

No le cuento a nadie lo de las bragas y dedico todas mis energías a preparar la cena de Acción de Gracias. Quiero que sea especial, ya que es la primera fiesta que pasaré con Trent y lo he invitado a cenar a casa. Dijo que se moría de ganas.

Tener un novio vegano es un poco complicado. Me pasé casi todo el día de ayer pensado en qué preparar. Busqué en internet y, al final, encontré una receta de quinoa y salsa de arándanos.

Pasamos una velada entretenida en mi piso y, por suerte, a Trent le gusta la cena. Ha traído vino y levanta la copa para brindar.

—Este año doy las gracias por tenerte, Gina —dice.

—Yo también doy gracias por eso.

Sonrío. Nos besamos un rato, pero le explico que tengo que madrugar y, de mala gana, se marcha a su casa.

Quiero dormir bien para prepararme para las rebajas del *Black Friday* de mañana. Es uno de los días más agotadores del año en el centro comercial. Pero, a pesar de irme a la cama temprano, no consigo dormir y al día siguiente paso veinte minutos de más maquillándome para intentar tapar las enormes ojeras que tengo y salgo de casa a las cinco de la mañana.

Capítulo 9

El regalo perfecto

Es la primera semana de diciembre y no sé por qué me sorprende que mis padres no vayan a venir en Navidad. Nunca lo hacen. Casi parece que prefieran pasar las fiestas en cualquier otra parte del mundo con cualquiera menos con su propia hija.

—Espero que hagas planes con alguna amiga —me dice mi madre por teléfono—. No quiero que te quedes sola en el piso. Siento mucho lo del alquiler, pero con tantos viajes, no podemos permitirnos ayudarte.

—No te preocupes, mamá. Me las arreglaré.

Sabía que pedirles dinero para el alquiler era una pérdida de tiempo, pero una parte de mí todavía se resiste a dejar el piso.

Tengo la primera mitad del año para decidir qué hacer y, aunque he hecho muchas horas extra para pagar el alquiler, todavía tengo que comprarle un regalo de Navidad a Trent.

Programo una sesión de fotos con un fotógrafo profesional para la primera semana de diciembre y la segunda voy a recoger las fotos. Trent se ha ido unos días a visitar a su familia, así que tarda un poco en responder a los mensajes.

Echo un vistazo al sobre de papel manila donde están las fotos y me pregunto qué hacer con ellas.

Llamo a Tahoe. No sé por qué quiero su opinión, por qué es el primero a al que se las voy a enseñar, pero me convenzo de que lo hago porque es el mujeriego con el que más confianza tengo y porque quiero retomar nuestra amistad.

—Eh, hola, soy Gina. ¿Podría pasarme hoy por tu casa?

—Sí, claro. ¿Todo bien? —Imagino cómo frunce el ceño.

—Sí. Nada de hospitales. —Me río de mi propia broma—. Solo quiero asegurarme de que no estás ocupado. Ya sabes a qué me refiero.

Suelta una risita grave y despreocupada.

—Pásate por la oficina. Estaré aquí un rato.

—Vale, ahora te veo. No te robaré mucho tiempo. Ah, por cierto —hago una pausa—…, gracias.

Su oficina está en el edificio corporativo que gestiona la mayoría de sus empresas, un enorme rascacielos de cuarenta pisos que no podría ser más moderno ni aunque lo hubieran construido dentro de cien años. Después de que las recepcionistas me permitan pasar al vestíbulo, subo en ascensor hasta el último piso.

Me presento a un chico joven y guapo que supongo será el asistente de Tahoe. Me saluda con amabilidad y me conduce hasta el final de un pasillo decorado con docenas de fotografías en blanco y negro de plataformas petrolíferas. El suelo es de madera oscura y los muebles de color claro. La combinación es simple e intensa.

—Señor Roth, la señorita Wylde está aquí —el asistente me anuncia cuando abre una puerta gigantesca de bronce.

La mantiene abierta y dentro está el príncipe oscuro de los seductores. La bestia rubia en su cueva.

Tahoe Roth sabe cómo lucir sus trajes, pero cada vez que se pone uno, me sorprende la rudeza que todavía emana, como si fuera el tipo de persona a la que le gusta estar al aire libre, un adicto a la adrenalina y un amante de la naturaleza que descubrió una mina de oro al encontrar petróleo y supo invertir. Hay inteligencia y orgullo tras sus ojos. El traje le queda perfecto, pero parece una jaula; unos barrotes que encierran a la bestia que merodea en su interior.

Le brillan los ojos al verme y curva los labios en una sonrisa cuando se levanta. Se mueve como un felino perezoso que estira los músculos después de una larga siesta.

Me quedo muy impresionada cuando entro.

—Bonita cueva —reconozco.

—Bonito vestido —me responde con suavidad, arrastrando las palabras.

Siento calor cuando me mira. Llevo un vestido largo de cachemira que me llega hasta los tobillos y me queda bastante bien. Trato de ignorar el cumplido, quizás se burlaba de mí, mientras me dirijo al escritorio y espero a que se siente al otro lado. Me llama la atención un marco con la foto de una mujer mayor y un hombre que se sonríen el uno al otro.

—¿Quiénes son? —pregunto y levanto el marco para ver mejor la foto en blanco y negro.

—Mis padres.

—Debéis de estar unidos si tienes su foto en el despacho. ¿Vas a visitarlos?

Trato de recordar si alguna vez le he oído mencionar que visitara a sus padres, pero no me viene nada a la mente.

Se recuesta en la silla y coloca las manos detrás de la cabeza.

—Solo si tengo que hacerlo. Siempre se entrometen en todo. —Sonríe.

—¿Vas a ir en Navidad? —pregunto.

—No creo. Tengo mucho trabajo.

Dejo el marco en el escritorio. La calidad de la fotografía es increíble.

Ahora mis fotos me parecen incluso más patéticas. Pero, aunque tenía un presupuesto limitado, la intención es lo que cuenta. Abro el sobre.

—Verás, he estado pensando en qué regalarle a Trent. Tampoco es que pueda permitirme comprarle un coche y, como es vegano y distribuidor, una cesta de frutas me parece algo cutre. Tampoco lleva corbata. Además, lleva ya un tiempo fuera y tengo la sensación de que pasa un poco de mí…

—¿Por qué lo dices?

—Porque tarda muchísimo en responder a los mensajes.

—Eso no significa que no piense en ti.

—Bueno, creí que esto sería un buen recordatorio. Algo sencillo y barato para enviarle en Navidad. —Saco las ocho fotos y las abrazo contra el pecho—. Tú tienes experiencia en estas cosas y me gustaría mucho saber tu opinión.

Si tienes el culo grande, nadie te hace sentir mejor por ello que Jennifer Lopez. Así que, cuando reservé la sesión, me inspiré en las fotos que se hizo para Ben Affleck, aunque un poco más discretas. Llevo un *culotte* blanco con encaje en la parte de atrás y tengo la espalda desnuda, con el pelo oscuro suelto y rizado hasta la cadera. En casi todas estoy de perfil, excepto en una en la que me di la vuelta para pedirle algo a la fotógrafa y me sacó una foto.

Esa no me gusta. Parezco inconsciente y demasiado desnuda. Incluso en ropa interior.

No me veo *sexy,* pero me he gastado todas las comisiones del *Black Friday* en la sesión.

—¿Cuál crees que le gustaría más a un chico? —pregunto y las coloco sobre la mesa.

Les echa un vistazo rápido, pensativo.

—¿Solo una?

—Sí.

Frunce el ceño y las señala con la mano.

—¿Se supone que me tiene que gustar una más que las otras?

—¡Sí! Deja de hacer el tonto. Ah, pero esta no. —Aparto la foto en la que se me ve la cara. No soy fotogénica, no me gustan las fotos en las que salgo de frente.

Se frota la barbilla y me observa con atención. Levanta cada foto y las estudia un buen rato. Sus ojos nunca me habían parecido tan azules.

—¿Quién las ha sacado?

—Taylor Watts.

Su voz suena extraña.

—¿Es un hombre o una mujer?

Me siento confusa. «¿Eso qué importa?».

—Una mujer.

Su expresión es inescrutable, pero de forma casi imperceptible relaja un poco los hombros y se fija en las fotos.

—Esta.

¿En la que estoy más tapada?

—¿Seguro?

—Del todo. —La toca con el dedo—. Esta.

—A mí no me parece que sea en la que estoy más *sexy.*

Me mira como si fuera idiota.

—En todas estás *sexy.* Todas dan ganas de no dejarte salir de la cama.

El comentario es tan directo y habla con tanta naturalidad que casi me fallan las rodillas.

—¿Qué te va a comprar él? —pregunta.

—¿Qué quieres decir? —No me doy cuenta hasta que hablo de que tengo la voz agitada.

Señala las fotos con la barbilla.

—Tú vas a regalarle una foto tuya increíble, ¿y él a ti?

—Le dije que me comprase chocolate.

—Chocolate —repite, incrédulo—. En serio.

—Sí. Regálame cualquier cosa que tenga chocolate y soy tuya.

Recojo las fotos y, con cuidado, vuelvo a meterlas en el sobre.

—No me responde las llamadas —susurro.

—No te merece —responde.

Levanto la mirada, confusa.

—Creo que la estoy fastidiando, Tahoe. Creo que hay algo en mí que impide que las cosas funcionen en una relación.

—No has hecho nada. ¿Cómo ibas a hacerlo? Eres demasiado buena para él.

—¡Las relaciones suponen esfuerzo! Por eso no quieres ninguna, ¿no? Porque te da igual.

—Dame el teléfono, voy a decirle un par de cosas. —Me roza la mano al intentar quitarme el móvil.

Me echo hacia atrás al instante debido a la electricidad que me provoca su roce.

—Ja, ja, ¿qué cosas?

—Que o te llama o se las verá conmigo. Si quisiera que lo pasaras mal por un tío, sería yo el que saldría contigo.

—Tú no sales con nadie, ¿recuerdas? Eres un casanova. Hay demasiadas mujeres para que te detengas un segundo e intentes ir en serio con alguna.

—No tengo nada que ofrecer. No soy lo que una mujer necesita.

Silencio.

Levanta la mano de nuevo.

—Dame el teléfono. Voy a llamarlo.

—De eso nada.

—Dime algo bueno que le veas y no lo llamaré.

—No es un seductor. —Sonrío, recojo las fotos y me levanto para irme—. Gracias, T-Rex.

Llego a casa poco después y voy directa a la nevera a prepararme un sándwich. Le doy un primer mordisco mientras vuelco el sobre de papel manila y saco otra vez las fotos. Solo caen siete sobre la encimera.

Golpeo el borde del sobre, dejo el sándwich y miro dentro. Nada.

Llamo a Tahoe.

—¿Me he dejado una foto en tu despacho?

—No —dice sin ganas, como si estuviera sentado con los pies en la mesa o tirado en el sofá. La respuesta no me gusta.

—Se me habrá caído —gruño, le doy las gracias y cuelgo.

Entro en pánico un instante al imaginarme la foto en alguna página web porno. La que menos me gusta, perdida. Aparto el pensamiento y rezo porque no caiga en malas manos. Le doy la vuelta a la foto que Tahoe me ha sugerido que le enviase a Trent y, con un rotulador rojo, escribo en el reverso:

«Feliz Navidad. Besos, Regina».

La meto en un sobre y me dispongo a enviarla.

Capítulo 10

Navidad

El día de Nochebuena, Rachel me invita a cenar con ella y con Saint para más tarde ir a la discoteca más elegante de la ciudad, pero estoy agotada después de tanto trabajar. Me duelen los pies y quiero comer algo de verdad después de haber sobrevivido todo el día a base de aperitivos en los descansos. Al final, hablo por Skype con Trent por la noche y ceno el pavo para microondas que me compré. La semana pasada me envió un mensaje.

> Gracias por el regalo. ¡En cuanto pueda le pongo un marco! Más vale que no tarde en mandarte esos bombones. ¿Skype?

Estoy contenta y aliviada de que le gustase la foto. Me hace pensar en Tahoe y en lo azules que se veían sus ojos cuando miró las demás. Me he estado preguntado qué le parecerían, si de verdad le gustaron. Incluso me he cuestionado si una parte de mí quería que las viera, que me viera a mí así, seductora y femenina. O, al menos, intentando serlo.

Atribuyo esos pensamientos al agotamiento, pero ni siquiera dejo de pensar en él después de la videollamada con Trent, que se ha ido a cenar con su familia. Busco algo que ver en Netflix y pongo el pavo precocinado a calentar en el microondas (de ninguna manera iba a cocinar un pavo para mí sola). No creo que Rachel y yo hubiéramos podido meter uno en el diminuto horno.

Mientras veo *El Grinch* y picoteo algo de pavo y arroz, me entran ganas de felicitarle las fiestas a mi T-Rex, pero no quiero hacerlo directamente, así que cojo el móvil y abro Twitter.

Feliz Navidad, @tahoeroth

Menos de diez minutos después, suena el teléfono fijo. Descuelgo el auricular y trago el último trozo de pavo antes de contestar.

—Hola. —Escucho la voz de Tahoe al otro lado de la línea—. Feliz Navidad a ti también.

Aprieto con fuerza el teléfono, sorprendida de que me llame, no lo esperaba para nada.

—Hola. ¿Qué haces?

—Voy a salir con Carmichael y unos amigos. ¿Quieres venir?

Avergonzada, echo un vistazo al pijama de cuadros de franela.

—No, gracias.

—Lo suponía. Bueno, Rachel me dijo que estabas ocupada. Hasta luego, Regina.

—Adiós. —Cuelgo y susurro—: T-Rex.

A medianoche, todavía estoy viendo la película cuando escucho un ruido fuera del piso. Si tuviera cinco años, me asomaría a la ventana pensando en Papá Noel, pero en su lugar echo la culpa a los vecinos.

Lo ignoro, pero vuelvo a oírlo. Silencio al Grinch y me acerco a la puerta de puntillas para asomarme a la mirilla. Se me corta la respiración cuando veo a un hombre alto al otro lado.

Abro la puerta y me encuentro a Tahoe. Va vestido para salir de fiesta, con un jersey de cuello alto negro y unos vaqueros oscuros desgastados. Tiene el pelo mojado de haberse duchado hace poco. Está tan atractivo que se me hace la boca agua.

Sonríe, pero su mirada es triste.

—Me he perdido de camino a la discoteca.

Sacudo la cabeza y recupero el aliento.

Ya. Como si este chico se perdiera en alguna parte.

Entra.

—La verdad es que no me gustaba la idea de que estuvieras sola. —Cierra la puerta.

—No estoy sola, estoy con el Grinch.

—Eso me reconforta. Te he traído algo.

Mete la mano en el bolsillo de los vaqueros con una mirada traviesa y me da un sobre.

Lo miro.

—Es una entrada para visitar la fábrica de chocolate Blommer. Pensé que te gustaría —dice.

—Tahoe.

Me sonríe, pero sus ojos no acompañan el gesto.

—Te gusta —dice.

—Me encanta. —Frunzo el ceño—. Pero yo no te he regalado nada.

Se sienta en el sofá y yo a su lado.

—Sí lo has hecho.

—No, que va.

Me mira y habla con voz firme, sin rastro de vergüenza.

—La foto. No la perdiste, me la quedé. Estabas preciosa y me la quedé.

—Espera, ¿cómo? ¿Por qué?

Una sensación de calor me recorre el cuerpo. Odio pensar que me he sonrojado.

—¿También las coleccionas? —pregunto cuando no responde.

Frunce el ceño, parece que no le ha hecho gracia que piense eso de él y me observa con esa extraña mirada. Luego, aprieta los labios divertido y me da con el dedo en la barriga.

—De momento, no.

—Bueno, conociéndote, seguro que ahora empiezas a hacerlo.

Le hago cosquillas con el ceño fruncido. Me las devuelve y se ríe, por fin.

—¿Qué vamos a ver? —pregunta.

—A tu gemelo, el Grinch, el corazón le crece al final de la película. Mira y aprende.

Señalo la tele y miro el regalo. Quiero darle las gracias de nuevo, pero temo que no me salga la voz. Es el primer regalo de Navidad que recibo este año. Mis padres siempre me envían una tarjeta regalo con cincuenta dólares, pero todavía no me ha llegado. Además, es la primera vez que alguien se ha tomado su tiempo para escogerlo.

Así que sujeto el sobre en el regazo mientras Tahoe me contempla con sus ojos azules, ahora despejados. Le devuelvo la mirada y sonrío.

Capítulo 11

Año Nuevo

Trent me regaló un paquete de bombones cuando volvió de Atlanta. Me he limitado a comer solo uno al día. No porque no estén deliciosos, sino porque quiero estar guapa esta noche. He decidido que voy a pasar la Nochevieja como quiero pasar el resto del año.

En nuestro almuerzo semanal con Rachel, Wynn dice que es algo que todo el mundo debería hacer. Están convencidas de que la Nochevieja marca cómo será el resto del año y que sea lo que sea como empieces el año, es en lo que deberías centrarte durante el año nuevo.

Así que he decidido que esta noche seré inmensamente feliz. Sin embargo, a veces necesito un poco de ayuda para soltarme, así que me tomo un par de copas de vino mientras me mezclo entre la multitud.

Llevo un vestido de punto de color verde esmeralda, unas botas de cuero marrón que me llegan justo por debajo de las rodillas y el pelo recogido en una coleta alta con la que no he conseguido domar los rizos del todo, pero al menos tengo la cara despejada.

Estamos en una fiesta pija de Fin de Año, la más decadente de la ciudad. Se celebra en un hotel de cinco estrellas. El salón de baile está decorado con fuentes de champán y bandejas brillantes. Las conversaciones fluyen y el alcohol también.

Trent y yo hemos pasado la noche juntos, pero cuando le llega una llamada para decirle que han robado uno de sus camiones de reparto, se ausenta un momento.

Tahoe llega muy tarde. Su acompañante es una *barbie* rubia con el pelo hasta la cintura, el más bonito que he visto nunca. Siento una punzada de envidia cuando los veo entrar seguidos de Callan Carmichael y su cita.

—¿Alguien me presenta a esta belleza? —dice Carmichael al verme.

—Muy gracioso. Hola, Callan.

Tahoe me mira en silencio.

—Tiene razón, estás muy guapa.

Sus palabras hacen que se me acelere el pulso, pero pongo los ojos en blanco y miro a la rubia que lleva colgada del brazo.

—Gina —me presento.

—Stephanie. —Me sonríe sin ganas.

Tahoe juguetea con mi coleta y, mientras aleja a su acompañante, me susurra al oído.

—No te comas todo el chocolate.

—Es mi propósito en la vida, ¡me da igual lo que digas! —grito con las manos a los lados de la boca para que mi voz le llegue cuando se aleja.

Más tarde, voy a buscar a Trent. Me preocupa lo del camión robado, pero ¿acaso no son las vacaciones un imán para los ladrones? Me abro paso entre la multitud cuando veo a Tahoe venir hacia el grupo con la bebida de su acompañante.

Nuestros caminos se cruzan sin poder evitarlo y nuestros ojos se buscan cuando intentamos pasar el uno junto al otro. Me muevo hacia la izquierda y, sin querer, él también. Reímos.

Deja de sonreír y trata de decir algo, pero los gritos de la multitud ahogan sus palabras.

—¡Diez! ¡Nueve! ¡Ocho! ¡Siete! ¡Seis! ¡Cinco! ¡Cuatro! ¡Tres! ¡Dos! ¡Uno!

Aplausos, gritos y silbidos. Dejo de reírme y Tahoe se olvida de lo que iba a decirme.

—Estoy borracha —digo—. Espera, ¡¿son ya las doce?! ¡Mierda, son las doce!

Tahoe mira la copa que lleva en la mano con una sonrisa maquiavélica, se bebe la mitad de un trago y me la pasa. Me termino lo que queda y la dejo en la mesa más cercana.

Nos miramos al darnos cuenta de que vamos a besarnos en Año Nuevo.

Estoy nerviosa, emocionada y expectante, más de lo que habría imaginado. La gente se besa a nuestro alrededor y el tiempo se para donde estamos. Percibo haces de colores y movimiento por el rabillo del ojo, pero él es lo único que veo con claridad. Los sonidos también desaparecen hasta que lo único que escucho son los latidos de mi corazón mientras nos acercamos.

Lo agarro del pelo. No quiero soltarlo nunca. Me pone las manos en la espalda, son tan grandes que casi la cubren entera.

—Feliz Año Nuevo —dice.

Me da un beso suave en los labios, apenas un roce, un beso amistoso para celebrar el año nuevo. Se aleja unos centímetros y vuelve para besarme otra vez.

Sus labios aprietan los míos y, sin quererlo, encojo los dedos de los pies. La cabeza me da vueltas a toda velocidad. Recuerdo lo que Rachel me ha contado sobre él y lo que no dejo de pensar cuando estoy sola.

Dijo que le parecía «apetecible».

Que es un aficionado al *lacrosse* y habría llegado a profesional si no hubiese encontrado petróleo, literalmente, y se hubiera hecho multimillonario de la noche a la mañana y billonario en cuestión de años.

Que Saint lo respeta y ha invertido para ayudarle a superar la volatilidad del mercado porque confía en su instinto para los negocios.

La imagen pública de los tres amigos no tiene por qué ser cierta. Pero ¿quién es de verdad Tahoe Roth? Es la encarnación del sexo. También es un caballero hasta la médula como consecuencia de su educación sureña. Se puede saber mucho de una persona por cómo trata a los demás y él es un pícaro, pero honesto y siempre es él mismo.

Se puede saber mucho de un hombre por cómo besa; y nadie me había encendido como lo han hecho sus labios, fuertes y firmes.

Nos separamos y nos miramos.

Esta noche lleva unos vaqueros y un jersey blanco fino con el cuello de pico. Está muy guapo. Sus ojos me resultan tan familiares que son como un disparo directo al corazón. Entonces, me coge de la mano y me besa en el dorso.

No sonríe, no muestra ni media sonrisa, solo me besa la mano mientras me dedica una mirada posesiva y salvaje.

—¡Feliz Año Nuevo, cariño! —grita Trent y tira de mí para acercarme.

Su boca cubre la mía y, cuando consigo separarme, miro desesperadamente a mi alrededor.

A medianoche estaba con Tahoe Roth. ¿De verdad es en lo que debería centrarme?

A lo lejos, lo veo salir por la puerta con la rubia con la que ha llegado a la fiesta.

Capítulo 12

Empezar por todo lo alto

Me he quedado dormida. En realidad, no he dormido. El centro comercial abre de diez a seis en Año Nuevo y mientras estoy parapetada tras un mostrador de Chanel, intentando parecer guapa y hacer algo útil, lo rememoro.

Una mala idea.

Cada vez que recuerdo lo que pasó anoche, los ojos de Tahoe se vuelven un poco más oscuros y me recorren el rostro un poco más despacio. Sus brazos se vuelven más fuertes al abrazarme y su olor más intenso y masculino.

Quiero enviarle un mensaje distendido y gracioso. Algo que deje claro que lo de anoche no fue más que un beso para celebrar el año con la persona que estaba más cerca. Podría haber sido Rachel, Wynn o incluso Valentine.

Aunque ninguna de ellas me habría mirado como Tahoe Roth.

No sé qué escribirle, así que jugueteo con el móvil y echo un vistazo a Twitter para distraerme y no escribirle. A lo mejor para espiarle un poco. Mierda.

Ha publicado:

Una buena mañana.

Vale Tahoe, habla en cristiano, por favor. ¿Qué significa eso?

Estoy segura de que se refiere a la rubita que se llevó a casa. Pero, ¿y si no es así? ¿Y si él también se acuerda del beso? Solo pensarlo hace que se me acelere el corazón.

Desde anoche, no pienso en otra cosa.

Sé que solo somos amigos, que no puede ni quiere ser monógamo. Al menos nunca ha insinuado que le interesase y, aunque lo hiciera, no hay motivos para pensar que me elegiría. Los duelos de miradas, las bragas, la visita a la fábrica de chocolate o lo de anoche no significan nada, solo es amistad.

Hasta el beso fue amistoso.

No fue húmedo, ni hambriento, fue dulce y casi curioso. Todo eso solo es «amistad».

La reacción de los dedos de los pies no fue culpa suya, solo mía y tengo que pasar página y ser consciente de que mi amigo más cercano es un dios del sexo y me atrae, ¿y qué?

Aun así, estoy tan turbada que no dejo de pensar en ello. Trent ha sido bueno conmigo. Anoche me dijo que llevaba toda la vida esperando a alguien como yo, que soy divertida, pero nada frívola. Después de que tu exnovio te haya mentido durante dos años, escuchar cosas así es casi como un sueño y te hace darte cuenta de lo mucho que te gustaría creerlas. Me gusta pasar tiempo con él y quiero ver adónde llegamos.

Así que me siento bastante reacia cuando recibo un mensaje de T-Rex:

Partido mañana por la noche. ¿Vienes?

¡Mierda! Casi se me cae el móvil.

Lo guardo y me apresuro a atender a la clienta que acaba de sentarse para que la maquille. Le pongo la base y trabajo en silencio para resaltar lo mejor de sus facciones.

Echa un vistazo al pequeño espejo que hay sobre la mesa mientras trabajo en su cara.

—¿No es mucho colorete?

—¿Eh?

Me alejo un poco. Mierda. Tiene dos círculos rojos en las mejillas.

—Ahora lo arreglamos —digo.

Gracias, Roth.

—¿Y mucha sombra de ojos? El evento es de día —explica, preocupada.

Hay una fiesta de marrones en sus párpados. Sí, me he pasado un poco.

—Cierto, sí —Me apresuro a frotarlo con un algodón—. Ya está. Saldrás genial en las fotos.

—No habrá fotos.

La miro. Después le froto la cara con más algodones.

—Perdona, ahora lo arreglo.

—¿Problemas de chicos?

Frunzo los labios. No voy a hablar de Tahoe con nadie. Es mi oscuro secreto, como una fantasía.

—No, solo pensaba en un amigo —contesto.

—Nunca he tenido la cara de este color si no ha sido por una brocha. No por un amigo.

Sonrío y señalo las luces del techo.

—Esta iluminación aturulla un poco.

Corro en busca de un pintalabios que combine con el desastre que le he hecho en la cara, pongo los ojos en blanco y vuelvo para terminar el trabajo mientras me pregunto qué voy a contestarle sobre el partido.

Esa noche, rememoro la fiesta de Nochevieja por teléfono con Wynn y Rachel, que se burlan de mí porque me vieron besar a Tahoe a medianoche.

—¿Qué significa eso, Gina? —insiste Wynn mientras compruebo la pizza vegana que estoy preparando para Trent y para mí.

—¿Que estaba borracha?

—Hablo en serio —contesta—. ¿Qué significa?

Que Wynn insista tanto hace que me quede quieta en mitad de la cocina.

Saco el móvil y leo el mensaje, sin buscarle ningún significado oculto. Respondo:

No puedo. Pero si ganáis, ¡te invito a una copa!

Ya está.

Lo que cualquier colega respondería.

—Emmett me ha contado que anoche Tahoe se pasó buena parte del tiempo preguntándole por Trent. A qué se dedica. Su apellido. Su familia.

—¿Qué? —pregunto, sorprendida.

Rachel se queda en silencio al otro lado de la línea.

Yo también dejo de hablar mientras proceso la información, pero me recuerdo que no significa nada. Nada de nada.

—Es un orangután. Somos amigos, ya lo sabéis —contesto al fin.

—Chicas —dice Rachel—, estoy embarazada de cuatro semanas.

Las noticias anulan cualquier otro pensamiento de mi cabeza, lo que, probablemente, sea algo bueno. Se lo cuento a Trent cuando llega y le digo que los Saint nos han invitado a su casa mañana por la noche para celebrarlo.

—Ojalá pudiera, cariño, pero tengo una cena con un posible cliente. ¿Qué tal si nos vemos allí?

Hablamos un poco después de cenar, pero cuando le doy un beso de buenas noches cuando se va y, por fin, me voy a la cama, me quedo mirando el techo y me imagino a Rachel con un bebé en brazos.

Wynn y Emmett me recogen de camino a la fiesta al día siguiente y hablamos de ello en el coche.

—Un gran paso —dice Emmett—. Enorme.

—Lo sé, pero ¿no es emocionante? —insiste Wynn.

Estoy sentada detrás en silencio, nerviosa y emocionada por Rachel. Ha estado siempre tan centrada en su carrera que nos cuesta creer que nuestra mejor amiga vaya a tener un bebé en septiembre.

Cuando llegamos, intercambiamos abrazos y felicitamos a la pareja. Después, hombres y mujeres nos separamos. Nosotras nos sentamos en el moderno salón mientras que Saint, Emmett y Callan se quedan en la barra de la cocina. Los chicos le toman el pelo a Saint y se burlan diciendo que es una venganza por todas las trastadas que hizo de joven.

Tahoe tenía partido, aun así no dejo de mirar el móvil y me pregunto si aparecerá y cuándo. Me he acostumbrado a verlo siempre que Rachel y Saint organizan algo y no me esperaba echarlo de menos. Necesito verlo para confirmar que nada ha cambiado después de Año Nuevo.

Nada en absoluto.

Es increíble lo emocionada que está Wynn con el tema de los bebés, incluso más que Rachel. Nos cuenta que llevaban un tiempo intentándolo, y cuando descubrió que estaba embarazada, tardó tres días en decírselo a Saint.

—Primero encargué una camiseta de bebé personalizada por internet que decía: «El angelito de papá» y una noche la dejé sobre la almohada. ¡Tendríais que haber visto su cara! Cuando por fin nos fuimos a la cama y vio la camisetita pasó de la incredulidad a la sorpresa absoluta, después se rio y me abrazó tan fuerte que casi me parte en dos.

—¡Qué bonito! —dice Wynn.

Me río feliz, aunque sigo algo sorprendida.

Rachel se va a preparar algo de picar y Wynn sigue hablando de bebés.

—Verás, después del susto de la boda, no he dejado de pensar en niños. Los veo por todas partes. Nunca había visto tantos críos en mi vida. Están hasta en la sopa, te lo juro. No dejo de preguntarme si Emmett es el padre que quiero para mis hijos. Si yo soy la madre que quiero para mis hijos.

—Wynn —bromeo—, en lo segundo no tienes muchas opciones.

—Tengo la opción de mejorar —replica—. Pero si quiero cambiar algo, antes tengo que saber qué es lo que falla, aceptar lo que hay que arreglar y, después, esforzarme por cambiarlo. Por ejemplo, soy desordenada. Desde que me he mudado con Emmett, intento no serlo tanto, aunque es bonito que a alguien no le importen tus defectos.

—De eso nada. —Sacudo la cabeza entre risas—. Me moriría antes de dejar que me vieran sin maquillar. Duermo maquillada si un tío se queda a dormir. Por las mañana pongo el despertador y me retoco antes de que Trent se despierte. Imagina hasta qué punto lo necesito.

—Por cierto, mola el *look* a lo Cleopatra.

—Gracias, me ha llevado horas. —Sonrío y le guiño un ojo mientras me acerco—. ¿Crees que me he pasado con el lápiz de ojos?

—¿Por qué importa tanto?

Tahoe Roth sale del ascensor. Cuesta ignorar la cara de alucine de Wynn al verlo con vaqueros y un jersey informal.

—Así me gano la vida, es mi carta de presentación —explico—. Nadie quiere a una dietista gorda ni una maquilladora con pinta de payaso.

—Ha llegado tu amigo —señala a la vez que mueve las cejas.

La ignoro (y a él), pero me estremezco cuando escucho su voz al saludar a Saint y darle la enhorabuena.

Las risas llenan la habitación. Tahoe tiene una risa fácil y contagiosa. Es un sonido delicioso que hace que te entren ganas de pasarlo bien. Me descubro sonriendo cuando se acerca a saludar a Wynn y me mira.

—¿Qué tal? —Se sienta a mi lado.

—Nada nuevo, ¿y tú? —contesto.

Parece muy cómodo con el jersey de color marfil drapeado, cálido y acogedor. Esa irresistible sonrisa le ilumina la cara cuando me mira. Se apoya en el respaldo del sofá y coloca las manos detrás de la cabeza.

—Nada que contar. —Se acerca—. ¿Por qué no has venido al partido?

—El hecho de que asumas que quiero ir es fascinante. Por cierto, empiezas a tener la barba larga.

—Tenemos una mala racha.

—Ya. Perdedor.

Se ríe y se frota la mandíbula, despreocupado, con una sonrisa sincera y el hoyuelo marcado.

—Antes tenía más suerte. Aunque todavía soy bueno. Si vinieras a un partido, te lo demostraría encantado.

—No animo a perdedores. —Le saco la lengua.

—Regina —arrastra las palabras—, si vinieras a animarme, no perdería.

Bromea y nos reímos, pero nuestras miradas se encuentran de nuevo y siento un escalofrío de los pies a la cabeza.

«¿Disfrutaste de ese beso una milésima parte de lo que lo disfruté yo?».

Alejo el pensamiento y miro mi martini sobre la mesa de centro. Es un mujeriego, seduce a las mujeres con la confianza, la naturaleza de macho alfa, las palabras perversas, la vena rebelde, la risa, los momentos divertidos, el dinero que se gasta sin pensar, esos labios, ese cuerpo... No quiero pensar en el resto, pero por cómo le quedan los vaqueros, sé que en ese aspecto tampoco tiene carencias.

¿No dicen que todo es más grande en Texas? Nació allí, así que no hay mucho más que añadir.

El acento se le marca de vez en cuando. Me pregunto por qué.

Wynn se aleja para hablar con Rachel y Emmett y nos quedamos solos y en silencio, mirándolos.

—Bebés, ¿eh? —dice en voz baja.

—Bebés —repito.

Alcanza mi copa, le da un sorbo y me la pasa.

Nos quedamos pensativos. Estamos algo confusos y sorprendidos. Estamos en ese momento en que te das cuenta de que la vida de tus mejores amigos va a cambiar, que avanzan y tú sigues igual, sin saber muy bien adónde va tu vida o si eres feliz en el punto en el que estás. No sé si Tahoe es feliz, o por qué querría salir conmigo.

—Mientras Rachel y Saint juegan a las casitas y tu amiga Wynn intenta conseguir un anillo como sea, creo que te toca aguantarme —bromea mientras dejo la copa casi vacía en la mesa.

Sonrío y el gesto le gusta porque le brillan los ojos y me devuelve la sonrisa.

Capítulo 13

En llamas

Dos semanas después llega una ventisca que me obliga a cancelar algunos de mis trabajos a domicilio. Cuando no estoy en el trabajo, paso casi todo el tiempo en casa viendo películas con Trent.

Para cuando la ventisca pasa unos días después, he reflexionado sobre muchas cosas. Echo un vistazo a mi piso tras un día de trabajo agotador. Mi piso solitario que ya no me puedo permitir.

Me da pena y estoy preocupada, aunque no sé por qué. Es como si no encontrara mi sitio en el mundo. Rachel está embarazada, Wynn se ha mudado con Emmett y yo apenas estoy dando los primeros pasos en una relación y tengo que dejar mi piso.

Así que decido comprarme mi propia casa en lugar de alquilar otra. Echar raíces. Para ello, necesito aumentar mis ingresos, lo suficiente para ahorrar y dar una entrada. Necesito ganar más si quiero tener mi propia casa. Una de la que no me echen. Enciendo el ordenador y me paso la noche navegando por páginas web de empleo. Incluso envío algunas solicitudes.

A los dos días, recibo una llamada y una buena oportunidad.

Para el trabajo, tengo que ponerme un uniforme negro de camarera y un bonito delantal blanco. Voy a atender en una especie de reunión para que posibles nuevos inversores aprendan cómo funciona ese mundo.

Esa tarde, llego pronto. Ayudo a preparar la cocina, a abrir las botellas de vino y a llenar las copas. Poco después, un grupo toca en la sala principal y corrillos de hombres se dispersan a lo largo del salón, que es lo bastante grande como para alojar a doscientos invitados. Paso entre las mesas con una bandeja de copas de cabernet tinto y me dirijo a la zona que el jefe me ha asignado.

Nunca he trabajado de camarera y, aunque el uniforme me queda fatal, estoy totalmente concentrada en no volcar la bandeja mientras me dirijo hasta la mesa más cercana para dejar las copas. Entonces, escucho una voz familiar:

—¿Gina?

Hago una mueca, pero me doy la vuelta.

Paul está a unos pocos pasos, vestido con un traje de sastre con gemelos y un alfiler de corbata caro pero sencillo, rodeado de ejecutivos vestidos de forma similar. Y yo con un uniforme de camarera que no es de mi talla y con una bandeja vacía en la mano en lugar de un cepillo de dientes.

Me mira de arriba abajo, anonadado. Lo veo es sus ojos: «¿Eres camarera?».

Mira la ropa con evidente desprecio y me entran ganas de tirarle la bandeja a la cabeza, aunque, al mismo tiempo, quiero esconderme detrás de ella. En el fondo, sabía que algún día me lo encontraría de nuevo. Siempre imaginé que me vería triunfante, con un chico increíblemente guapo a mi lado y que llevaría mi mejor vestido y lo miraría por encima del hombro, como la escoria que es.

No esperaba que me doliera todavía. Después de tanto tiempo no imaginaba que verle arrancaría la tirita que me puse hace años y me haría sangrar de nuevo.

«No te quiero».

Quiero gritar. Quiero esconderme. Y odio que lo que realmente deseo hacer es llorar, como si no lo hubiera hecho suficiente por él.

Le doy la espalda y cruzo la sala a trompicones hasta llegar a la cocina. No soporto que me ardan los ojos. Odio sentirme pequeña. Dejo la bandeja, meto la mano en el bolsillo y saco el teléfono.

> **Yo:** Paul está en la fiesta en la que trabajo…
> **Rachel:** ¡NO! Gina, respira. No hables con él, ¡Ni lo mires!
> **Yo:** ¡Soy su camarera!

Espero una respuesta que tarda casi un minuto en aparecer en la pantalla.

> **Rachel:** Gina, no te enfades, pero le dije a Saint que quería irme de la fiesta para darte apoyo y adivina quién pegó un puñetazo en la mesa y salió disparado.

—¿Gina? ¿Qué haces aquí? Vuelve fuera, por favor —me ordena mi jefe.

De mala gana, guardo el móvil y me apresuro a rellenar la bandeja. Con cada copa, reúno fuerzas para volver a salir. Fantaseo con la idea de tirársela a Paul sin querer en el regazo. Luego, me imagino marchándome con mi mejor sonrisa. ¿Y después qué?

Suspiro, coloco la bandeja en una mano y me dirijo a la sala principal.

Busco a Paul con la mirada. Necesito saber dónde está para esquivarlo, pero me detengo a mirar a un hombre alto que habla con mi jefe en la entrada.

Hombros anchos, cintura estrecha y, como si eso no bastara para dejarte paralizada, un culo que parece esculpido por los ángeles.

Observo su tupido pelo rubio y sé, sin lugar a duda, que es Tahoe, incluso antes de que se mueva y vea su perfil. Mi cuerpo lo sabe: el corazón me da un vuelco, se me encoge el estómago y la piel se me eriza.

Lleva un traje de etiqueta negro. Pantalones de color negro oscuro, una camisa blanca abotonada y una corbata gris fina.

Tiene los labios húmedos y enrojecidos, como si hubiera besado a alguien hace poco. Se le iluminan los ojos cuando me ve y, por un instante, me dedica una mirada protectora.

El organizador del evento se le acerca.

—Señor Roth, nos dijeron que estaba demasiado ocupado para dirigir la conferencia de estos caballeros, pero es un gran honor. Por favor…

—No voy a quedarme —gruñe y lo despacha.

Se nota que este evento no era tan bueno como el otro al que iba a asistir con Saint y Rachel esta noche.

Entonces, siento unos dedos en la parte baja de la espalda que me deshacen el nudo que sujeta el delantal. Me habla al oído.

—Ya has acabado.

Me lo quita por encima de la cabeza, lo aparta, coge la bandeja y la deja en una mesa. Ignora todas mis protestas mientras salimos por la puerta.

Estamos en su coche en dirección a mi piso. Apenas puedo mantener la compostura. Intento fingir que no pasa nada.

—Bonitos arreglos, aunque no es el color que yo elegiría para una reunión de caballeros.

Tahoe no ha abierto la boca en todo el viaje. Me deja desvariar mientras él también se tranquiliza un poco.

Mueve la palanca de cambios casi con violencia cuando deja el coche en el aparcamiento subterráneo de mi edificio. Salgo de un salto. Me sorprendo cuando la otra puerta se cierra de golpe. Tahoe se sube en el ascensor pisándome los talones. Camina (más bien, me acosa) pegado a mí mientras me dirijo a la puerta del piso.

—¡Ay, espera! Las llaves. ¡Ja! —Las saco y las agito. Abro la puerta, entro y enciendo la luz—. Hogar, dulce hogar.

Me vuelvo con una falsa sonrisa, pero cuando veo la preocupación y la rabia en sus ojos, desaparece. El nudo que tengo en la garganta crece. No sé qué tiene este hombre, no sé por qué ver a Paul me ha hecho sentirme inferior, por qué ver a Tahoe enfadado y frustrado hace que se me empapen las mejillas. Un segundo estoy bien y, al siguiente, rompo a llorar.

Cierra la puerta tras él y habla con voz ronca y llena de ternura.

—Ven aquí —dice.

Me toma la cara entre las manos, me acerca a él y me acaricia las mejillas con los pulgares.

—Es un gilipollas. —Sollozo mientras me seca las lágrimas—. Sigue actuando como si fuera demasiado bueno para mí.

Aprieta los labios, enfadado, y me mira a los ojos. Su cara se vuelve borrosa a medida que las lágrimas brotan. Me deja un momento para ir a la cocina, abre el grifo para humedecer una servilleta y vuelve.

—¿Qué haces? —protesto mientras me la pasa con suavidad por los ojos—. Me vas a estropear el maquillaje.

—No —me interrumpe con una sonrisa socarrona y los ojos llenos de preocupación—. Eso ya lo han hecho las lágrimas.

Me limpia las mejillas y debajo de los ojos.

Me tranquilizo a medida que las lágrimas se detienen. Noto que me mira con dureza y ternura.

—¿He…? ¿Estabas ocupado? —digo con un hilillo de voz.

—Sí. En una fiesta de la que no me ha importado largarme, te lo prometo.

Me doy cuenta de que su vida también está llena de obligaciones, aunque sea rico.

Tira la servilleta a un lado. Agradezco que no me haya tocado el pintalabios cuando me lo quita con los pulgares. Me frota el labio superior hacia la derecha y el inferior hacia la izquierda. El nudo en la garganta me quema con una emoción desconocida y distinta al dolor, algo que no entiendo debido al pánico que siento por no ir maquillada.

Siento cómo el pintalabios me mancha las mejillas mientras me lo quita de los labios y, con cada roce, me mira a los ojos con más intensidad.

Me siento desnuda, más cohibida por mi cara que por mi cuerpo. Tengo los labios gruesos y los ojos grandes y expresivos. Ahora mismo, Tahoe Roth lo contempla todo.

Me contempla.

Nadie me había visto así desde la ruptura con Paul. Nunca he dejado que nadie me viera sin maquillar. Ni ningún hombre ni nadie. Ni siquiera me siento cómoda al verme a mí misma así.

Tahoe no es consciente de nada de esto y me mira fijamente durante un buen rato. La intensidad con la que me observa hace que me sienta como si fuera a arder hasta quedar reducida a cenizas.

Me atraviesa con la mirada y sus manos siguen en mi mandíbula. Levanto las mías para rodear las suyas cuando se inclina, suspira y me besa en la mejilla. La barba me raspa la piel. No muevo ni un músculo. Cierro los ojos y, cuando los abro, le acaricio la cara. Me analiza sin soltarme la cara.

Deslizo los dedos por su barba.

—Ya no pincha. Ahora está suave —balbuceo.

Suelta una risita y me acaricia los labios desnudos con el pulgar.

—Mi barba no es suave, tus labios sí —replica.

Le acaricio la barba con los dedos y, sin poder contenerme, paso a sus labios.

Los abre como si quisiera probarme, pero se controla. Me agarra la muñeca y me baja el brazo.

Es evidente que sigue irritado por lo de Paul.

—¿Dónde está?

—¿El qué?

—La puñetera carta. ¿Dónde está?

Más que indignarme por cómo me habla, me sorprende su tono exaltado. No está enfadado conmigo, sino frustrado porque no puede ayudarme.

—¿Te acuerdas de eso?

Me mira sombrío, así que voy a la habitación y abro el cajón.

—Está al fondo.

Se abre paso entre las docenas de bragas del cajón. Su mano es grande y mis braguitas parecen muy pequeñas mientras escarba entre ellas hasta que entierra toda la muñeca. Encuentra la carta, se la guarda en el bolsillo trasero y cierra el cajón.

—Vamos a hacer una cosa. Vamos a hacerla desaparecer. Luego nos tranquilizamos y no dedicarás un segundo más a pensar en él.

Me conduce por el piso hasta la puerta.

—Es la última vez que lloras por un cabrón desgraciado —me advierte, con una mirada decidida.

Estamos en la feria del Muelle de la Armada, sentados con los pies colgando sobre el agua. Las atracciones y las tiendas están cerradas. Tahoe ha llamado a Saint de camino. Al parecer, conocía a alguien que nos ha dejado entrar.

Estar aquí es un sueño. A mi derecha tengo un paquete de seis cervezas casi terminado y Tahoe está a mi izquierda. Hace frío, así que nos sentamos lo más cerca posible. Los sonidos de la noche nos rodean, tan distantes que no parecen reales. Respiro hondo, por fin relajada.

Hace diez minutos, Tahoe me ha dado la carta y un mechero. Me ha preguntado si quería leerla primero. Me he negado. Estaba lista para pasar página, me daba igual lo que dijera. No he dudado en prenderle fuego y he contemplado cómo se quemaba unos segundos antes de dejarla caer y ver cómo las cenizas se disolvían en el agua.

Brindamos con cerveza, la mía, la primera y la suya, la tercera.

—Me encanta que bebas directamente de la botella —digo.

—¿Por qué?

—Encajas con los ricos, pero también con los tíos normales. —Me encojo de hombros—. No sé. Me gusta. Eres como una bestia domada.

Se queda sin palabras, resopla y sacude la cabeza, incrédulo.

—¿Acabas de llamarme bestia domada?

—Sí. —Me río.

Se lleva la cerveza a los labios y da otro trago.

Apenas soporto cómo reacciona mi cuerpo a su cercanía. Soy consciente de que quiero sexo. O, a lo mejor, solo quiero sentirme cerca de alguien. A lo mejor es él el que siempre me hace ser consciente de esa sensación.

Me mira con esos ojos azules.

—Me gusta que bebas cerveza como un tío —bromea y me da un codazo.

—¡Vaya, gracias! Me siento muy femenina.

No pierde la sonrisa, pero baja la voz.

—Lo eres. Intentas parecer dura, pero yo no me lo trago. —Da otro sorbo y se le agita la nuez al tragar.

—¿No me digas? Yo me he creído la tuya.

Se ríe y se pone serio. Cruza los brazos.

—Nadie es lo que aparenta. Todos escondemos algo, ya sea porque no queremos que nos juzguen, porque creemos que no nos entenderán o porque no queremos que esos secretos sean de nadie más que nuestros. —Levanta la cerveza y le da un trago; yo hago lo mismo.

Cuando deja la botella a su lado, le miro los labios húmedos un segundo más de lo debido.

Tahoe nunca se ha creído la imagen que intento dar y no sé por qué. Incluso antes de que fuéramos amigos, ya veía a través de mí.

Una parte de mí también ha sido siempre consciente de que la persona que el mundo ve, el hombre perezoso, divertido y risueño, no es más que la careta de un Tahoe mucho más profundo y complejo.

Todos escondemos partes de nosotros mismos. Tiene razón. El profesor que te dijo que nunca llegarías a nada te marcó más de lo que quieres reconocer. El cumpleaños que tus padres olvidaron... Pequeños detalles que, poco a poco, se suman a esa sensación de no encajar, de no ser suficiente. Así que dejas de querer complacer al profesor, dejas de esperar algo por tu cumpleaños y dejas de mostrar las cosas buenas porque no quieres que el mundo te las arrebate. ¿Adónde va todo eso? ¿Se queda dentro, esperando a salir?

Me sonríe y el animal que llevo dentro se muere por abalanzarse sobre él.

He guardado algunas cosas tan adentro que había olvidado que estaban ahí. Antes me gustaba dar y me encantaba cuidar de Paul. Me gustaba estar en casa, en todas en las que he vivido. Y todavía me preocupo demasiado por mis amigos porque no quiero que les hagan daño.

Ese es el problema. ¿Hasta cuándo voy a dejar que me afecten las cosas que me han hecho los demás para luego seguir con sus vidas? Incluso hoy, Paul me hace daño. Su traición me duele.

Dañó mi capacidad de confiar en los hombres y de conectar con alguien.

Me he guardado las cosas buenas para aquellos que viven dentro de mis barreras y me he aislado del resto del mundo. Porque no quiero que me juzguen, porque creo que no me entenderán o porque no quiero que nadie destruya esas partes de mí.

Soy una cobarde. Esa es la verdad.

Me da miedo ser yo misma.

Me da miedo confiar, querer y darme una oportunidad.

Pero siempre busco a Tahoe, siempre me atrae hacia sí.

—Bueno, ¿cuál es tu secreto, T-Rex?

—Si te lo cuento, ya no será un secreto —dice y me guiña un ojo.

Me mira la boca y después clava la mirada en un punto por encima de uno de mis hombros, como si se viera envuelto en un recuerdo sombrío.

—Además, es cosa del pasado. No tiene sentido perder el tiempo con ello cuando no hay nada que se pueda hacer para cambiarlo. ¿No crees?

—Cierto —coincido.

De nuevo, sus ojos se cruzan con los míos. Quiero decir algo ingenioso, pero parece tan sincero que no me siento capaz.

—Gracias —digo—. No me hizo mucha gracia saber que venías a por mí, pero cuando te vi, me sentí aliviada. Gracias.

Me dedica media sonrisa y una mirada traviesa.

—¿Por destruir la carta?

—Sí. Me siento mejor.

Se queda pensativo y el silencio nos rodea. Es muy fácil estar con él, o eso creo. Tan sencillo y a la vez tan emocionante.

—¿Hay alguna otra carta de algún miembro o no del club que haya que destruir? —Me mira de forma amenazadora con los ojos entrecerrados.

—¡No! —Me río.

Introduzco las manos en los bolsillos para calentarlas.

También se ríe y, cuando paramos, cruzamos las miradas. Siento un calor repentino tan fuerte que tengo que bajar la vista.

Me observa en silencio.

—Entonces solo Paul. ¿Quién fue el miembro fundador? Hablemos de él.

—¿Roderick? ¡No, Roderick no! O Vince… No, él tampoco. Los dos fueron parte del proceso de madurez.

—¿Paul también lo fue?

—Supongo. ¿Y tú? ¿Qué hay de tus líos?

Le doy un codazo y me lo devuelve.

—¿Qué pasa con ellos?

—¿Te han ayudado a madurar?

—Son más bien parte de lo que ha llegado a ser mi vida, supongo.

—¿Y qué vida es esa? ¿Es lo que querías? ¿Más?

Me da un golpecito en la punta de la nariz con un dedo.

—En realidad, no se parece en nada a lo que había planeado.

Arrugo la nariz y finjo intentar morderle el dedo cuando lo aparta.

—En serio. Entonces, ¿pasó sin más? ¿Por accidente?

Se ríe y se rasca la barba.

—Algo así.

Siento calor cuando me mira y se me acelera el pulso.

—¿Cómo era la vida que habías planeado? ¿Mejor?

Estoy confusa y creo que se me nota en la cara.

—Sí, mejor. —Aparta la mirada—. Diferente.

—¿Cómo de diferente?

—Para empezar, no planeaba irme de casa.

—¿Por qué lo hiciste?

—Era difícil quedarse. ¿Tu vida es como la imaginabas?

—Para nada. ¿Alguna vez piensas en cambiar de rumbo? ¿Volver atrás?

—No. No hay posibilidades para mí. Las cosas son como son, no hay más.

—Yo sí. Pienso en lo que quería antes de Paul, antes de perderme en él, y lo quiero de vuelta. Trent es mi nuevo comienzo.

Me mira con auténtica sinceridad.

—Bien por ti, Gina. —Extiende la mano y me acaricia la nariz con el índice. Me estremezco.

—¿Y la tuya qué? ¿Cómo fue la primera vez?

—Se llamaba Lisa.

—Vaya, te acuerdas de su nombre.

—En realidad, recuerdo muchas cosas de ella. —La mandíbula le tiembla un instante, deja la cerveza a un lado y me coge del brazo—. Venga, te llevo a casa.

—No —me quejo—. A casa no.

—Sí. A casa. Ahora.

—El piso es muy solitario y siniestro… Está demasiado tranquilo. Llévame a casa de Trent. Le dije que iría a medianoche, después de trabajar.

Aprieta la mandíbula, pensativo.

—Anda, llévame a su casa. —Le doy un codazo.

Sigue con la mandíbula tensa, me pone la mano en la nuca y me dirige hasta el coche.

Conduce en silencio y casi me quedo dormida en el asiento. Me siento segura, cómoda y arropada.

Gruño cuando me tengo que levantar y caminar hasta el edificio de Trent, pero me apoyo en Tahoe todo el camino hasta el quinto piso. Me deja justo en la puerta y, cuando abre, el acento de Tahoe suena más marcado que nunca.

—Cuídala —dice.

Y se va.

—Hoy he visto a mi ex —le cuento a Trent mientras cruzo el pequeño apartamento y voy directa a la cama.

—Uf, menuda mierda. —Me abraza con cariño.

—Es un asco —coincido y entierro la nariz en su cuello. Lo único en lo que reparo es en que no huele a pino y que su mandíbula es tan… suave sin barba—. Se llama Paul. Estoy tan harta de él que no quería contártelo. Me engañó. Tú no le harías eso a alguien que te gusta, ¿verdad?

—Joder, no, claro que no. Eso es muy rastrero. Tú sola eres más de lo que puedo manejar, Regina —me asegura con timidez.

—¿Soy suficiente? —pregunto y abro los ojos de par en par, feliz. Sienta bien serlo.

—Más que eso.

Frunzo el ceño, pensativa.

—¿Más? ¡No digas eso! Quiero ser perfecta, ni más, ni menos —protesto, pero estoy exhausta y me quedo dormida.

Tengo una pesadilla con Paul. Sueño que me deja, pero, de alguna manera, se transforma en Tahoe. A la mañana siguiente, me levanto demasiado temprano para ser sábado y me siento culpable por soñar con Tahoe cuando veo a Trent profundamente dormido en la cama a mi lado.

Capítulo 14

De caza

El resto del mes de febrero, además de trabajar como una mula, lo dedico a buscar apartamentos. Trent me sugiere que mire si hay alguno libre en su edificio, pero, aunque me viene bien para ir al trabajo, no quiero limitarme a buscar solo en un barrio.

Así que, siempre que no estoy trabajando, busco piso, y viceversa, mientras intento no preocuparme demasiado por la situación. Cada noche me recuerdo que lo tengo todo controlado y que dar este paso es lo correcto.

Una noche, mientras reviso los anuncios, me siento decepcionada porque Trent no dedique más que una mínima mirada a las opciones que le muestro antes de irse a la cama.

No tengo sueño y quiero compañía.

Incluso llamo a mis padres, pero me salta el buzón de voz, así que dejo un mensaje.

—Hola, mamá. Hola, papá. Solo quería charlar un rato y ver cómo estabais. Por aquí va todo bien. Estoy trabajando mucho y buscando piso. También salgo con alguien. Ayer fui a ver uno y, aunque todavía no he encontrado lo que busco, confío en hacerlo pronto. Os echo de menos. Os quiero. Adiós.

Cuelgo y miro el móvil, casi deseando que me llamen de inmediato.

A medianoche, encuentro un anuncio que promete. Le hago una foto y le envío un mensaje a Tahoe.

Versalles no está disponible. ¿Qué tal un *loft* acogedor de un dormitorio?

En la foto se ve que necesita algunas reformas, pero me lo puedo permitir.

Me responde con solo tres palabras.

Tahoe: Ni en broma.

Yo: ¡Oye! Esa es mi frase.

Tahoe: Cierto. Te la he robado ;)

Yo: Chico malo.

Tahoe: Chiquilla posesiva.

El teléfono se queda en silencio durante veinte minutos.

Busco opciones a oscuras. Los ojos me duelen de leer solo con la luz del portátil. De pronto, me suena el móvil. Me incorporo de golpe, miro la pantalla y veo su nombre. El corazón casi se me sale del pecho y esbozo una sonrisa de oreja a oreja.

Descuelgo y escucho la profunda voz de Tahoe, dulce como el chocolate, que resuena en mi oído.

—Estoy abajo. ¿Me abres?

Me quedo de piedra.

Consciente de que Trent duerme en mi cama, corro a abrirle la puerta.

Abro justo cuando sale del ascensor. Lleva una camisa blanca, una chaqueta de cuero marrón y unos vaqueros oscuros desgastados. Esboza una media sonrisa, esa que hace que su hoyuelo me salude de forma entrañable.

Me cruzo de brazos y frunzo el ceño, burlona.

—¿No has conseguido sobornar al nuevo portero?

—Ya me lo ganaré. —Me guiña un ojo, confiado.

Nos miramos en silencio durante un largo rato, como si fuera la primera vez que nos vemos. Como si no hubiéramos estado en el muelle hace poco, bebiendo cerveza, hablando de Paul y de la tal Lisa.

—¿Qué haces aquí a estas horas? Es medianoche y Trent está dormido —susurro e intento no levantar la voz.

Se pasa una mano por el pelo, desde la frente hasta el cuello. Luego, la deja caer y suspira. Se apoya en el marco de la puerta con un brillo altanero en los ojos.

—Me apetecía verte.

—¿Qué? ¿Por qué?

Se encoge de hombros con picardía.

—Quería asegurarme de que no te mudas a otro país. Por motivos puramente egoístas. —Sonríe.

Repasa mis facciones con la mirada de nuevo.

—¿Estás bien? —pregunto, desconfiada.

Me mira como si nunca fuera suficiente. Sus ojos están tan azules como cuando le enseñé las fotos.

—Sí.

—Anda, pasa, pero no hagas ruido. —Entra, cierro la puerta y lo acompaño al salón, totalmente a oscuras—. ¿Estás borracho? ¿Qué pasa? ¿No había ninguna fulana disponible esta noche?

—Digamos que estaba más interesado en la búsqueda de tu piso. —Entra en la cocina, también a oscuras—. ¿Tienes algo de comer?

Abre la nevera, la luz lo ilumina y, por un instante, es lo único que veo: una figura grande y corpulenta perfilada a contraluz.

—Tengo una ensalada que compré y no me comí, si la quieres —digo.

La saca de la nevera y le doy un tenedor del cajón.

No quiero encender la luz y despertar a Trent, así que nos encaminamos como podemos hasta la mesa del comedor.

No entiendo a qué ha venido en mitad de la noche. A veces me pregunto si solo busca alguien con quien hablar y a quien no tenga que seducir ni fingir que se divierte todo el rato. A lo mejor le gusta estar conmigo como a mí con él. Tal vez le tranquilizo como él a mí. Excepto por los ratos en los que se me acelera el pulso, como ahora. Últimamente, es la persona con la que siempre me apetece estar. A todas horas, incluso por las mañanas, cuando me levanto algo gruñona.

Creo que mi humor mañanero mejoraría solo con saber que esta bestia rubia está cerca.

Nos sentamos uno a cada lado de la mesa. Picotea la ensalada con el tenedor, pero me observa en la oscuridad.

—Enciende a luz —dice.

—No quiero despertar a Trent —eludo.

Sin embargo, en la oscuridad, su voz resulta incluso más hipnótica de lo habitual.

—Enciende la luz.

—¿Para qué?

—Para ver lo que como, para empezar. —Hace una pausa—. Además, quiero verte.

—No estoy presentable. Llevo un pijama *sexy.*

—Ya he visto pijamas así antes.

«Pero no a mí con uno, imbécil».

Suspiro, me levanto para encender una de las lámparas del salón y vuelvo a sentarme. Su ojos se vuelven más azules que nunca cuando me ve, vestida con un camisón de seda corto.

Frunce el ceño y se estira sobre la mesa.

—¿Duermes con eso? —Alza la mano y toca la tela, tirando un poco de ella.

—Sí. No me gusta dormir desnuda, gracias.

Vuelve a fruncir el ceño.

—¿Con eso también?

—¿Con maquillaje? Sí, me gusta estar guapa.

—Estás guapa igual —dice.

No puedo evitar sonrojarme y doy gracias cuando baja la mirada para terminarse la ensalada. Después, va a por agua a la cocina.

Me acomodo en el sofá del salón y espero a que vuelva.

—¿Qué tal la semana? Tengo ganas de ir a verte jugar. ¿Ya has pedido cita con el barbero?

—No, no quiero gafar mi victoria.

—¿Eres supersticioso? ¿Por qué todos los deportistas lo son?

La sonrisa le ilumina los ojos cuando se sienta conmigo.

—Tendrás que averiguarlo.

—Venga.

Lo golpeo en el hombro.

Detiene el segundo golpe con la palma.

—¿Gina? —me llama una voz desde la habitación.

Tahoe me mira arrepentido y alza las cejas.

Suelto una risita, voy de puntillas hasta el pasillo y cierro la puerta de la habitación, después de susurrar:

—Tahoe ha venido a picar algo. Estamos charlando, ¿vale?

—Vale. Por favor, no me despiertes.

Cierro y vuelvo al salón.

—Cuando está cansado es un gruñón. —Me dejo caer en el sofá—. Me alegro de que hayas venido, la verdad es que no podía dormir. He estado mirando anuncios sin parar.

—Déjame ver. ¿Humboldt Park? —Repasa todos los pisos que he marcado, pero señala con el dedo el que he rodeado dos veces—. No vas a vivir ahí ni en broma.

—No sé, Roth, la verdad es que me gusta. A lo mejor, así, dejas de visitarme a horas intempestivas.

—Ya, pero te visitarán ladrones, violadores y asesinos. —Arquea una ceja.

—Quisquilloso. ¿Qué tal este? —Le enseño otro.

Se ríe sin gracia.

—Una mierda, no vas a vivir allí sola, Regina. Vamos a buscarte algo en el Chicago Loop.

—Ya vivo cerca del Loop. Es un poquito más caro.

No me escucha, me quita el bolígrafo y rodea otros apartamentos.

—Trae el portátil, vamos a ver algunas fotos —dice y me da una palmadita en el culo cuando me levanto.

Después de una hora, la marca de su mano todavía me arde.

Pasamos las siguientes dos horas en busca de un buen sitio para mí. Por primera vez desde que estuvimos en el muelle, siento que estoy hablando con alguien de verdad. Me siento un poco más viva desde que ha entrado por la puerta.

—¿Sabes qué, Regina? —Se recuesta con las manos detrás de la cabeza, pensativo—. Tengo un amigo que ha comprado un edificio de lujo en el Loop. Van a demolerlo para reconstruir un complejo de apartamentos, pero se tarda casi un año en conseguir el permiso. Seguro que, mientras tanto, te alquilaría algo por una miseria.

Se me para el corazón de la emoción.

—¿De verdad?

—Seguro. —Me revuelve el pelo, sonríe y deja ver los dientes, blancos como perlas, en contraste con la barba rubia desaliñada—. Tendrás dónde quedarte durante al menos un año. Te dará tiempo para averiguar qué quieres exactamente.

—¿Lo llamarías por mí? —pregunto dudosa.

Presiona un botón del móvil.

—Ya está hecho.

Me guiña un ojo y se lleva el teléfono a la oreja. Luego deja un mensaje en voz baja.

Sonrío, cierro el portátil y doblo los periódicos en una pila con un suspiro de alivio. No me había dado cuenta de que me sentía perdida y sin hogar, hasta que ha surgido una posibilidad real de encontrar una nueva casa.

Menos de una hora después de que se haya ido, ya duchada y lista para y meterme por fin en la cama, me llega un mensaje en el que dice que no hay problema y que su amigo William Blackstone me enseñará el piso en cuanto pueda.

Yo: ¡Fantástico! Gracias, T-Rex.

Él: No hagas planes para el próximo viernes. Vas a venir a verme jugar.

Capítulo 15

El partido

Me he perdido el partido y me siento mal por ello. El día que Tahoe jugaba, Martha me llamó para que cubriese el turno de una compañera. Estoy muy enfadada. Él siempre está cuando lo necesito y quiero hacer lo mismo. Así que, media semana después del partido al que no fui, me tumbo en la cama, sin poder dormir y miro las llamadas perdidas, entre las que aparece su nombre con un dos al lado. Decido dejar de evitarlo, actuar como una adulta y llamarlo.

—No puedo dormir —digo antes de que responda.

Hay un largo silencio, como si le sorprendiera la llamada a estas horas.

—¿Por qué no? —Tiene la voz pastosa, como si hubiera estado durmiendo o, tal vez, follando.

—Quiero ir al próximo partido.

Otro silencio.

—Me tomas el pelo. —El tono es de incredulidad absoluta.

—¡No! ¿Por qué? ¿Ya no estoy invitada? —le pico.

—Estoy fuera de la ciudad. —Se escucha un chirrido cuando se levanta de la cama y un quejido de protesta. Después, se cierra una puerta. Silencio—. Pero volveré para jugar el fin de semana.

—Genial. —Sonrío feliz.

—Te envío la hora en un mensaje. Con una condición —me advierte.

Gruño con temor.

—Tienes que pintarte mi número en la mejilla —me pide.

—Eh, ¿no? —digo.

—Bueno, pues ha sido un placer hablar contigo.

Se me para el corazón cuando me percato de que va a colgar.

—¡Está bien! ¿Cuál es? ¿El sesenta y nueve? —pregunto con ironía.

—Doble cero.

—Te pega, porque estás vacío por dentro —me burlo.

—Qué mala eres, Regina. —Sé que sonríe—. Ahora duerme.

—Cuando te duermas tú. —Cuelgo y sonrío mirando el teléfono.

Sigo pensando en él cuando apago la luz. En mitad de la noche, me pregunto dónde y con quién estará. Seguro que con alguna chica para la que se cree lo bastante bueno, aunque crea que no lo es para mí.

Bueno, puede hacer lo que quiera. Tengo a Trent y me hace feliz, para él soy suficiente. Solo me necesita a mí, no a un ejército de mujeres como Tahoe.

Estoy sentada en la segunda fila de las gradas, a un lado del campo de *lacrosse* donde juega la liga masculina a la que Tahoe pertenece, cuando los jugadores salen al campo. Lo veo de inmediato. El doble cero. Una de las figuras más altas y corpulentas. Lleva una camiseta blanca con números rojos. Botas, pantalones cortos, hombreras, guantes blancos gruesos, coderas y un casco de rayas rojas y blancas, que tiene una máscara para proteger la cara, como el de todos los demás. Pero también lleva una visera debajo de esta. Es un remolino de colores: roja en el centro, naranja, amarilla y azul. No le veo los ojos, pero siento su mirada cuando levanta la vista hasta las gradas.

Resulta intimidante verle correr hacia el centro del campo. Se enfrenta al oponente y se inclina hacia delante. Sus caras casi se tocan y cruzan los palos en el suelo.

Mira en mi dirección y el corazón me da un vuelco. Estoy nerviosa por él, no sé si por el partido o por otra cosa, pero me remuevo en el asiento.

—Estamos a punto de empezar —dice una voz por los altavoces.

Contengo el aliento cuando suena el silbato.

Todo pasa muy rápido. El *lacrosse* va muy deprisa. Es difícil seguir el ritmo como espectadora, sobre todo cuando no tienes ningún conocimiento previo del deporte. Hombres musculosos y uniformados corren por el campo agitando los palos. La verdad es que investigué un poco en Google antes de venir, así que entiendo, más o menos, lo que ocurre.

Los jugadores sujetan los palos; también llamados mangos o *crosse*. Están hechos de una aleación de metal o de titanio, con una red para atrapar la pelota, que es el objetivo principal del juego. Tahoe acaba de atraparla y el locutor grita:

—¡Posesión para el equipo rojo! ¡La roba, la arrastra y sale disparado!

Se mueve tan rápido que el oponente se cae de bruces contra el suelo.

Sujeta el palo contra el pecho y carga hacia delante a toda velocidad. La defensa le encara, Tahoe amaga y corta a la izquierda, con una finta, y lanza por encima de la cabeza.

—¡Punto para el equipo rojo! —grita el comentarista.

Trato de recuperar el aliento, pero ya se preparan para el siguiente saque. Tahoe se agacha y mira un segundo hacia donde estoy. No es más que un instante, pero basta para provocarme otro escalofrío. Resulta amenazador. Se muestra inexpresivo y cuando se gira, la visera de colores destella con el movimiento.

Cada equipo tiene diez jugadores. El portero, tres defensas, tres centrocampistas y tres delanteros. También hay dos árbitros. Tahoe es el centrocampista central, el que hace los saques y lucha por la posesión cada vez que empieza un cuarto o se marca un gol.

Es muy rápido y está tan en forma como un profesional.

En el segundo saque, roba la pelota con un giro de muñeca, corre y hace un pase perfecto. Otro miembro del equipo la atrapa y lanza y, cuando la defensa del contrario avanza para recuperarla, Tahoe esprinta hacia delante.

—¡Páralo! ¡Páralo! —grita alguien detrás de mí.

Tahoe golpea a un contrario con el palo, avanza y lucha por recuperar la posesión. Antes de darme cuenta, no solo tiene la pelota, sino que se la ha pasado a un compañero que se encuentra a pocos pasos de la portería.

—¡Punto para el equipo rojo!

Se nota que se siente cómodo con ambas manos, casi parece ambidiestro. También es un jugador agresivo y no se anda con rodeos. Si alguien tiene la pelota, se lanza a recuperarla con placajes, haciendo uso de su velocidad, su ingenio y todo lo que tiene.

En el tercer saque, vuelve a mirarme. He venido y estoy sentada entre un montón de desconocidos, pero, cuando me mira, no me siento sola y hace que me sienta segura, como si estuviese con él.

Todavía mira en mi dirección cuando se hace el saque.

—¡Posesión para el equipo negro!

El rival avanza con la pelota. Tahoe se enfada tanto que carga contra él y lo lanza al suelo.

—Violencia innecesaria —dice el comentarista—. Acción ilegal del doble cero. Al área de castigo, treinta segundos.

—Siempre pasa lo mismo —comenta alguien detrás de mí—. Es un bestia, siempre comete alguna falta.

Tahoe aprieta el palo con rabia y va hacia la zona indicada. Furioso, se arrodilla y levanta la vista hacia el reloj, impaciente. Un entrenador se le acerca para llevarle agua y la rechaza con la cabeza.

El reserva hace el saque y al poco tiempo el comentarista grita:

—¡Punto para el equipo negro!

Cuando el equipo vuelve al centro del campo, Tahoe sale de la zona de castigo.

Se inclina y se prepara para el saque. Rezuma testosterona mientras barre la pelota y corre con tanta potencia que la lanza desde lejos. La pelota atraviesa el campo a toda velocidad y el portero se tira a la derecha, pero la pelota golpea el larguero y rebota dentro.

—¡Tiro desde fuera del área! ¡Punto para el equipo rojo!

El ambiente se caldea en las gradas y la audiencia se emociona porque el partido se ha puesto interesante.

Hay otro saque. Cuando están cara a cara, se gira un instante.

Joder, que deje de mirarme.

Lo observo sin apartar la vista y veo cómo pone la cabeza sobre la pelota, la levanta con la muñeca y la recoge con el palo. Después, corre como alma que lleva el diablo. La defensa carga contra él, pero Tahoe amaga, avanza dos pasos más y lanza.

—¡Punto para el equipo rojo!

—¡Punto para el equipo rojo!

—¡Punto para el equipo rojo!

—¡Joder, esa iba a ciento cincuenta kilómetros por hora! —grita alguien desde un asiento cercano.

En el descanso, es el único jugador que no se quita el casco ni bebe agua. Ya está listo para volver a salir. Se nota las ganas que tiene.

No le quito los ojos de encima cuando vuelve al campo. Apenas sé lo que hacen los demás jugadores porque solo lo miro a él. Me pregunto por qué me quería aquí. Por qué quería que viera cómo domina el juego, lo fuerte y atlético que es y lo atractivo que está con esa visera. Lanza pases, hace saques, roba la pelota una y otra vez, tira a puerta desde todos los ángulos y siempre marca.

El partido dura unas dos horas. El equipo rojo gana por veinte a uno; una victoria aplastante.

La multitud grita y aplaude cuando termina el partido. Los jugadores caminan por el campo, pero en vez de irme, observo cada vez más nerviosa y emocionada cómo el doble cero corre hacia las gradas.

Se quita la camiseta sudada con una mano enguantada. Asiente en mi dirección.

Hace una bola con la tela y la lanza con fuerza, igual que en el campo, hacia mi regazo.

La mujer que está junto a mí intenta atraparla emocionada.

—¡De eso nada! —digo y se la arranco de las manos.

Frunzo el ceño al darme cuenta de lo posesiva que he sido. Por suerte, Tahoe ya se ha marchado al vestuario y no me ha visto ponerme territorial.

La camiseta huele a testosterona. Bajo por las gradas y me meto en un pasillo bajo techo que lleva al aparcamiento.

—¡Oye! ¿Has venido con Roth?

Un jugador del equipo rojo me mira, interrogante.

Asiento.

—Ven por aquí. —Me indica con gestos que lo siga y me lleva hacia el otro lado del pasillo, hasta los vestuarios.

Le sigo, algo incómoda al verme rodeada de hombres desnudos y semidesnudos.

—¡Hoy hace un frío de cojones! ¡Que te den con el palo de metal duele como mil demonios! —comenta un jugador.

—Pues no juegues fuera de temporada —replica otro.

—T, te juro que eres el único jugador de *lacrosse* que conozco que sabe pegar y que también le gusta el béisbol. Los hombres de verdad juegan al *lacrosse.* Joder, si hoy casi matas a alguien. En el béisbol lo único que hacen los jugadores es quedarse tiesos y esperar a que les llegue la pelota.

Sigo la voz que viene desde la segunda fila de taquillas y giro la esquina. Veo un par de guantes blancos con «Roth» bordado sobre un banco de madera. El hombre que estaba hablando sujeta una bolsa de hielo contra una quemadura que tiene en el muslo y, a su lado, veo los musculosos brazos de Tahoe con las mismas lesiones.

Echo un vistazo. Está desnudo, con una toalla enrollada a la cintura.

Intento ignorar los riachuelos de agua que le bajan por el torso y que se sumergen en los huecos que dibujan los abdominales.

Percibe mi presencia y se da la vuelta. Cuando le miro a los ojos sin la visera, siento una descarga eléctrica por todo el cuerpo. Sonríe, está tan emocionado que siento la energía que emana.

—Mi amuleto de la suerte —me saluda.

Me levanta en brazos y me da vueltas tan rápido que me mareo. Me contagia la risa y le doy un puñetazo en el hombro cuando me deja en el suelo.

Se le oscurece un poco la mirada al soltarme.

—¿Siempre hay tanto barullo en los vestuarios? —pregunto, sin saber por qué susurro.

—Es el sonido de la victoria. —Me recibe como si estuviera encantado de verme. Después, se vuelve hacia la taquilla para sacar una camiseta de cuello redondo y manga larga—. Cuando perdemos, el silencio es sepulcral —dice y me guiña un ojo.

—¿No me digas?

Echo un vistazo alrededor. Los jugadores están histéricos. dan portazos con las taquillas y palmean las espaldas de sus compañeros. El ambiente es festivo.

El entrenador entra con sus dos ayudantes. Da una palmada y todos los jugadores se callan.

—Buen partido, pero no os durmáis en los laureles. No quiero otra mala racha, ¿entendido? —Mira a los jugadores y todos asienten felices. Después clava la mirada en Tahoe—. Bien hecho, Roth. —Le habla con respeto y admiración.

—¿«Bien hecho», entrenador? —grita un jugador desde el fondo—. ¡Hemos destrozado al otro equipo! Menuda paliza. —Se ríe y se acerca para darle una palmada en la espalda a Tahoe, que ya se ha puesto la camiseta—. Y sin que nadie se lesione.

Se aleja y, de nuevo, me fijo en las marcas de quemaduras que Tahoe tiene en el dorso de la mano.

—¿Sin que nadie se lesione? ¿A qué se refiere?

—Nada. Son gajes del oficio.

Me sonríe y se da la vuelta. Se quita la toalla, dejando el culo al descubierto, para ponerse los vaqueros.

Me giro, sonrojada, al ver el culo más perfecto que he visto en mi vida. Está igual de moreno que el resto de su cuerpo, lo que me confirma que toma el sol tal y como Dios lo trajo al mundo.

Mientras miro a todos lados menos a Tahoe, otro jugador se le acerca.

—Veinte a uno, los hemos machacado. Justo lo que me hacía falta después de tantas derrotas. —Me mira agradecido—. ¿Tenemos que agradecerle a esta señorita tu actuación de hoy, Roth? —pregunta.

Tahoe sonríe y cierra la taquilla con un portazo.

—Sí, pero dale las gracias otro día —dice. Se da cuenta de que tengo su camiseta sudada apretada contra el pecho—. La atrapaste.

Ahora estamos solos en el pasillo.

—No tuve muchas opciones, era eso o dejar que se estampase en mi preciosa cara.

—Por supuesto, no podemos permitir que eso pase.

Se ríe y me da un golpecito en la punta de la nariz con un dedo. Arrugo la nariz y finjo morderle.

—No voy a ponérmela, pero me vendrá bien para secar los platos.

—Oye, cuando la laves, quedará como nueva. —Me da una palmadita en el culo.

—¿Lavarla? Más bien debería quemarla, T. Roth. Quemarla —digo.

—Y ¿dónde está el fuego?

Arquea las cejas, desafiante. Le brillan los ojos. ¿Cómo es posible que de cerca y con una sonrisa resulte más intimidante que en el campo con su misteriosa visera amenazadora?

—Eh…

«Dentro de mí».

«En lugares que nunca sabrás».

—Hagamos una locura, como un ritual. Vamos a quemarla antes de que me apeste el armario —digo.

No quedármela me parece una buena idea. Si no, dormiré con ella como hizo Rachel con la de Saint, lo cual no ayudó mucho a que dejara de pensar en él. No me hace falta pensar en Tahoe más de lo que ya lo hago, sobre todo por la noche. Lo único que necesito es a Trent. De verdad.

Se acerca, su muslo roza el mío cuando me pisa con el pie desnudo.

—¿Debería traer las cerillas?

Sonríe y se sienta en el banco para calzarse.

—Me basto solita.

Cuando se levanta, me coloca un mechón de pelo detrás de la oreja.

—No lo dudo. —Me mira los labios y recoge la bolsa para irnos—. Te llevo a casa.

Salimos y nos metemos en el coche.

Por el camino, hablamos del partido, de los goles que ha marcado y de la victoria.

Me cuenta la historia del *lacrosse.* Se remonta a la época de los nativos americanos. Cuando un niño estaba listo para convertirse en hombre, jugaba un partido de *lacrosse,* pero el campo era de doce o catorce kilómetros de largo, y una vez conseguía la pelota, el chico tenía que correr a toda velocidad durante kilómetros, sin saber cuándo le atacarían para quitársela.

—Es el deporte que más rápido ha crecido en el país —concluye.

—Pues ya era hora. Me declaro una fan. Soy una grupi del *lacrosse.*

Me sonríe y niega con la cabeza.

—Tú no eres una grupi.

—¿Perdona? —Resoplo—. ¿Por no pintarme tu número en la cara? Me gusta que el maquillaje me haga más guapa, no más fea.

Me mira indeciso y aparca en delante de mi edificio. Se vuelve hacia mí.

—Gracias por venir, me ha gustado verte allí.

Hace mucho calor en el coche de repente. Me encojo de hombros para quitarle importancia.

—Me ha gustado verte jugar.

—¿De verdad?

—Sí. —Creo que estamos a unos cuarenta grados aquí dentro—. ¡Ya lo sabes, Tahoe! Eres una estrella para el equipo.

—Llevamos años entrenando.

—Sí que te gusta el *lacrosse*.

Asiente y con las manos, hace la forma de un rectángulo para representar el campo.

—Cuando estoy ahí, con la portería a mis espaldas y la del contrario enfrente, rodeado por los delanteros y los defensas de ambos equipos, lo único que tengo que hacer es conseguir la pelota y marcar. Solo eso. Es simple. En la vida no hay nada más jodidamente simple.

La pasión en sus ojos me hace feliz. Incluso me aturde un poco. Es un sentimiento cálido.

Seguimos aparcados en el mismo sitio. No sé por qué alargamos el momento sin salir del coche.

—Además de marcar, ¿qué más te apasiona?

—Vivo para marcar.

Los ojos se le iluminan con un brillo canalla y el calor se vuelve insoportable. Me obligo a abrir la puerta.

—No hace falta que salgas.

Lo hace de todas maneras, cierra el coche y me sigue dentro.

—¿Qué planes tienes esta noche? —me pregunta en el ascensor.

—Dormir.

Contempla los números del ascensor a medida que sube.

—¿Sola?

Me mira de reojo y arquea una ceja.

—No —reconozco y me encojo de hombros.

—¿Davis? —Casi escupe la pregunta.

—Un momento. ¿Cómo sabes que se llama Trent Davis?

—He preguntado.

—Pues deja de hacerlo. Pero no, no voy a dormir con Trent, sino con Wynn. Emmett está fuera y vamos a hacer una noche de chicas.

—Ah. —Sonríe.

Le señalo la barba.

—Deberías celebrar la victoria con una visita al barbero. ¡Vaya pintas! —Chasqueo la lengua y sacudo la cabeza.

Sus labios parecen más rosados entre tanta barba cuando me sonríe. Me sigue hasta la puerta.

—Regina. —Su voz me detiene antes de entrar, me mira con la misma felicidad que ha mostrado al hablar del *lacrosse*—. Gracias por venir al partido.

Parece que quiere levantarme en brazos y lanzarme al aire o algo así.

—Lo habría disfrutado más si el equipo al que animaba no hubiera perdido —le pico.

—No perdimos —dice sin perder la expresión de alegría.

Se inclina y me besa en la mejilla. Su sonrisa me roza la piel.

—Diviértete con Wynn.

El olor a pino permanece en mis fosas nasales mientras camina hacia el ascensor. Se sube, hace el signo de la paz con los dedos y sonríe de oreja a oreja. Las puertas se cierran y se va.

Sujeto la camiseta contra el pecho y entro en casa. Encuentro una nota del casero que me recuerda que tenía que pagar el alquiler hoy. Suspiro y me acuesto en el sofá.

Miro la camiseta, después la meto en la lavadora y voy a por algo de comer.

Cuarenta minutos más tarde, la paso a la secadora y sonrío mientras la observo dar vueltas.

Wynn llega temprano y vemos *Conexión Tequila,* pero me cuesta concentrarme en la película porque no dejo de pensar en Tahoe. Es mucho más de lo que aparenta a simple vista y estoy segura de que la mayoría no llega a conocerlo de verdad. Su pasión por el *lacrosse* ha conseguido emocionarme y me ha sorprendido que me provocase ese efecto tan fuerte. Me pregunto qué estará haciendo mientras veo la peli tirada en la cama con Wynn y finjo prestar atención a Michelle Pfeiffer y Mel Gibson.

Ella le da al botón de pausa.

—Estás muy callada y soy la única que come palomitas. Puede que no te hayas dado cuenta, pero yo sí. —Me mira perspicaz—. ¿Quieres hablar de algo?

La miro. Cuando ha llegado, ya estaba lista para irme a dormir. Había sacado la camiseta de Tahoe de la secadora y la había escondido debajo de la cama porque no quería que me hiciera preguntas para las que no tengo respuestas.

Frunzo el ceño, como si fueran imaginaciones suyas, y digo:

—No hay nada de qué hablar.

—¿Seguro? ¿Trent y tú estáis bien?

—Muy bien.

—Estás en las nubes y no dejas de sonreír sin que pase nada gracioso en la peli. ¿Crees que soy tonta? ¿Qué pasa? ¿A qué viene ese cambio? ¿Estás enamorada?

Abro los ojos como platos.

—¡No! Trent y yo solo salimos. Todavía nos estamos conociendo.

Me río por puro nerviosismo porque no estoy lista para enamorarme. Es demasiado pronto. Todavía no confío en el amor.

—Ajá —dice, pensativa y con un amago de sonrisa—. Si quieres hablar, aquí me tienes.

—Gracias —digo, después vuelvo a poner la peli.

La televisión y la lamparita de la mesita son lo único que iluminan la habitación mientras vemos el filme, pero no dejo de pensar en la camiseta con un doble cero que escondo bajo la cama.

Capítulo 16

Vacaciones de primavera

Con abril llega la emoción por las vacaciones de primavera y las chicas empiezan a hacer planes.

—Callan nos ha invitado a todos a su casa de la playa en Miami. A Trent también, Gina. Deberíamos sacar tiempo para ir y pasar tiempo juntas —nos cuenta Rachel en el almuerzo.

—Me encantaría ponerme morena. —Wynn se mira las manos pálidas—. Y hacerme la manicura.

He estado haciendo turnos dobles en el centro comercial y también he conseguido afianzar algunas clientas que quieren que las maquille los fines de semana, además de un par de trabajos extra en fiestas infantiles para pintar a los niños como sus animales favoritos. Me deja muy poco tiempo para estar con Trent. A veces solo nos vemos una o dos veces a la semana. El trabajo también se ha interpuesto en la noche de los jueves con las chicas.

Así que, este domingo, cuando hacen planes para las vacaciones y me invitan a pasar un fin de semana largo, parejas incluidas, en la casa de Miami de Callan, estoy demasiado cansada para decir que no. Me hace mucha falta divertirme un poco.

A Trent, sin embargo, no le hace mucha ilusión por los gastos. Lo convenzo para que utilice sus puntos de vuelo, pero cuando vemos que no tiene suficientes, me gasto todos los que tenía ahorrados en mi tarjeta para sacar un billete para cada uno.

Sé que no le va muy bien en el negocio y que yo necesito ahorrar para comprarme un piso y no me puedo permitir gastar dinero en caprichos, pero tengo muchas ganas de que pasemos tiempo juntos lejos de Chicago. Entre mi trabajo y el suyo, apenas nos vemos. Quiero aprovechar las vacaciones para cambiar la situación.

Hago las maletas en el último minuto el mismo día que nos vamos a Miami. Trent ya está en mi casa, con todo preparado en una pequeña maleta de mano negra. Hombres. A mí no me cabe todo ni en una el doble de grande.

Rebusco en el armario y saco un bikini que Rachel me regaló por mi cumpleaños hace dos años.

—¿Qué te parece si llevo el bikini y además del bañador?

Mira la pieza de tela, pensativo, y se rasca la cara con timidez. Después me mira.

—¿Vas a peinarte?

—¿Qué quieres decir? Pues claro. —Doy un tirón a la coleta descuidada que llevo y pongo los ojos en blanco.

—Pues me parece bien. —Sonríe.

Sigo haciendo la maleta, pero de vez en cuando lo miro de reojo y frunzo el ceño. Me gusta que sea sincero, prefiero la sinceridad a las mentiras de mierda de Paul, pero me encanta llevar coleta cuando estoy relajada o cuando tengo el pelo mal. Es mucho más fácil que pasarme horas con la plancha.

—Voy a ducharme y nos vamos —digo cuando me doy cuenta de la hora.

El avión sale en tres horas.

Trent también mira el reloj y asiente con un guiño. Está mono con la gorra de béisbol y la camiseta azul.

Me ayuda a cerrar la maleta.

Miro el móvil y veo un mensaje de mi madre.

¡Hemos oído tu mensaje! Me alegro de que todo vaya bien. Te echamos de menos, esperamos ir en Navidad este año y conocer a tu novio. Te queremos, mamá y papá.

—Mis padres te quieren conocer —digo.

—Vaya. Me encantaría —dice, sorprendido, pero claramente feliz.

Frunzo los labios, pensativa. Luego me doy cuenta de que mis padres nunca van a cambiar. Sé que me quieren a su manera, pero nunca se han interesado por pasar conmigo más tiempo del que tienen para pasarlo juntos.

Nunca seré una prioridad para ellos.

Nunca se dan prisa en responder a mis llamadas o mensajes.

Pero ahora quieren conocer a mi novio y agradezco la muestra de interés, aunque sea pequeña.

—¿Sabes qué? —digo—. A mí también. Este viaje me hace mucha ilusión, tengo ganas de que pasemos tiempo juntos.

Para demostrarle que hablo en serio, después de ducharme, paso media hora planchándome el pelo para que babee por mí todo el fin de semana.

Capítulo 17

La casa de la playa

Llegamos a Florida a las tres de la tarde. Hay tanta humedad que a los pocos minutos de salir del aeropuerto, mientras esperamos un taxi, se me empieza a rizar el pelo. Al final no me queda otra que hacerme una coleta.

—Me gusta más cuando lo llevas suelto —protesta Trent a la vez que hace un puchero.

—Díselo a la humedad. —Me doy cuenta de que he sonado algo borde y que no es así como quiero que empiecen las vacaciones, así que me esfuerzo por sonreír y le doy un codazo—. Venga, sigo siendo la misma.

Frunce el ceño.

—¿Por qué me pegas?

Me detengo y me enderezo.

—¿Pegarte? No era más que un codazo. En fin, da igual. —Sacudo la cabeza y me río en voz baja.

Se me revuelve un poco el estómago. Recuerdo todo lo que intenté cambiar de mí para complacer a Paul. ¿Todas las relaciones requieren tanto trabajo? ¿Hay que cambiar lo que nos gusta o merecemos que nos quieran por lo que somos?

Alejo esos pensamientos cuando el taxi se para delante de una gran puerta de metal con un emblema en el centro donde se leen las iniciales CC.

Cuando nos dejan pasar, el vehículo se detiene junto a una mansión mediterránea que parece sacada de una revista: un edificio de un blanco impoluto, rodeado de otras diez villas a lo largo de la playa, todas orientadas hacia la costa. Callan nos da la bienvenida, con el pelo despeinado, tan *sexy* como solo su grupito de conquistadores y él son capaces. Su acompañante, Sandy, una chica bajita y morena, trata de demostrarle al esquivo millonario lo buena anfitriona que es mientras ofrece algo de beber a todo aquel con el que se cruza cada dos minutos.

Nos lleva a la habitación y me enamoro de inmediato de la simple y, a la vez, sofisticada decoración. Todo es de tonos neutrales, excepto las coloridas almohadas que decoran la cama y las cortinas *art déco* de los enormes ventanales que dan a la terraza, en la que hay una ducha al aire libre y una piscina privada.

Nos instalamos en tiempo récord y nos unimos a los demás en la piscina principal. Entre copas y risas, Rachel, Wynn y yo charlamos mientras tomamos el sol en unas tumbonas naranjas y los hombres beben en la piscina. Saint sale del agua para estar con Rachel y le acaricia la barriga casi inexistente de dieciséis semanas de embarazo.

Las horas pasan, el cielo se tiñe de los tonos anaranjados del atardecer y me doy cuenta de que no me estoy divirtiendo tanto como esperaba.

Creo que porque no consigo ignorar que estamos todos…

Menos Tahoe.

Incluso después de un fantástico día en la piscina y una bandeja entera de margaritas, no me duermo y me voy a pasear por la terraza. Llevo una camiseta y unos pantalones cortos y disfruto del calor en la piel de la noche primaveral de Florida. Me acomodo en una de las tumbonas y miro las olas. El cielo está negro, como la boca de un lobo, y la luna apenas es una línea curva, una de las pocas luces que se ven.

Me llama la atención que la villa de al lado es la única otra fuente de luz cercana. Tiene las ventanas abiertas y las cortinas de seda ondean suavemente con el viento.

Creía que estaba vacía porque se suponía que era la de Tahoe. ¿Habrá llegado ya? Espero oír gemidos en cualquier momento.

En lugar de eso, hay movimiento y, a medida que mis ojos se adaptan a la penumbra, me percato de que hay un hombre sentado fuera. Sus ojos azules relucen en la oscuridad y curva los labios en una leve sonrisa mientras levanta los dedos y hace el signo de la paz.

Siento un nudo en el estómago, en el corazón y en todo el cuerpo.

Tahoe está solo. ¿Cuánto tiempo lleva mirándome?

Tiene el pecho desnudo, pero lleva un pantalón de pijama de color claro de lino. Parece un dios a la luz de la luna. De pronto, siento celos al pensar en que haya una mujer con él en la villa.

Caigo en la cuenta de lo fino que es mi pijama y que los pezones se me marcan bajo la tela.

Sé que Tahoe lo ha notado.

Es demasiado observador para no hacerlo, demasiado perspicaz.

Se preguntará por qué no estoy en la habitación, abrazada a mi novio.

Yo también me lo pregunto.

Dentro, Trent duerme plácidamente en la cama, pero no dejo de pensar en Tahoe y en lo que me hace sentir. ¿Por qué tengo la sensación de que mi vida avanza, pero yo me he quedado atascada en un punto muerto esperando cualquier señal de su parte?

Como la sonrisa que esboza.

Al final, se la devuelvo.

Me alegro mucho de verle.

Capítulo 18

No puedo dejar de mirarlo

A la mañana siguiente me despierto tarde, sola y algo desorientada. Cuando me despejo, recuerdo que estoy en la playa, en la villa más increíble del mundo, con mi novio y mis amigos. Una sonrisa me ilumina el rostro.

Me levanto, me lavo los dientes y me arreglo el maquillaje. Veo una nota de Trent en la almohada que dice que ha ido a desayunar a la casa principal con los demás y que nos vemos en la playa.

Me pongo el bañador, me ato un pareo a la cintura y me calzo las sandalias. De camino a la casa principal por el paseo de la playa, escucho el correr del agua en la villa de Tahoe.

Me detengo a mirar a través de las palmeras. Con la boca abierta, observo la escena más primitiva que he visto. Tahoe está solo en la ducha al aire libre, con los músculos relucientes por el agua y la luz del sol y la cabeza levantada bajo la alcachofa de la ducha.

Mueve las caderas con la erección en el puño.

Es tan atractivo que podría correrme con solo mirarlo. Con solo verlo así. Joder. Su cuerpo es robusto y definido. Al igual que su polla tan bien dotada…

No está circuncidado. Está totalmente erecta. Desnuda, gloriosa. Tengo la garganta seca y me cuesta tragar.

Tahoe Roth.

Mi amigo y el hombre más *sexy* del mundo.

Mi cuerpo reacciona con tanta violencia que me duelen los pezones, siento pinchazos entre las piernas, en el pecho y por toda la piel.

De pronto, tengo la necesidad de que me acaricie con esas manos.

Debo hacer ruido porque se da la vuelta y me ve. Nos miramos durante un incómodo instante. Apoya el brazo libre en la rama de un árbol cercano que supongo está ahí con la intención de ocultarlo de la vista.

No cumple su función para nada.

No le quito los ojos de encima.

Su mirada es salvaje, casi profana.

—Únete.

—Tú… —Niego con la cabeza.

Se suelta el glande y avanza unos pasos. Desnudo y sin complejos. Estoy húmeda y siento mariposas en el estómago.

Retrocedo.

—Ni de coña. No va a pasar.

Se para y devoro con la mirada cada línea de su pecho y sus pezones oscuros. Varios riachuelos de agua le caen por los abdominales hasta la «V» de las caderas. Es… ¡enorme y está muy empalmado!

Me mira como si no pasara nada, como si se duchase con amigas todo el tiempo.

Me doy la vuelta y salgo corriendo.

La casa principal está vacía, pero hay un bufé formidable preparado para los que lleguen tarde. Cojo un plato con manos temblorosas, sin poder sacarme el recuerdo del cuerpo de Tahoe de la cabeza.

Cuando entra, casi se me cae el plato de los nervios.

Tiene el pelo mojado de la ducha y lleva un bañador azul marino, del que asoman los músculos de sus caderas. Viene directamente hacia mí, me empuja detrás de una gruesa columna de piedra y sonríe.

—Hola.

Me cuesta respirar.

—No he visto nada.

—Sí que lo has visto. Y querías más.

—No es cierto. —Me miro las sandalias.

Se ríe.

—Oye. —Me levanta la barbilla—. No tiene nada de malo.

—Lo sé.

—¿Entonces?

—Pues que no me lo saco de la cabeza. Eso es lo que ocurre.

—No quiero que lo hagas.

—Tahoe —susurro—, te van a oír y no quiero que me hagan preguntas que no sabría responder.

—Me gusta que te pongas nerviosa.

—Tú no me pones nerviosa. Me niego.

—¿Por qué?

—Porque no.

—¿Ahora no estás nerviosa? —Me provoca y bromea.

—No. Me da vergüenza haber visto lo que he visto.

—Y sin embargo no dejabas de mirar. Me gusta que seas tan traviesa.

—Eh… —Lo aparto.

Se ríe.

Le doy una patada en el tobillo y trato de esconder los nervios con un enfado fingido.

Me devuelve la patada en broma, se deja caer en un sofá cercano, se estira y se cruza de brazos.

Dejo de fingir, consciente de que es demasiado listo para no darse cuenta de cuánto me ha afectado en realidad. Me siento a su lado y suspiro.

Juega con mi coleta.

—Me gusta. Te queda bien —dice.

Me la quito.

—A Trent le gusta suelto y liso —respondo.

He debido de sonar algo borde porque frunce el ceño y su mirada se oscurece.

—¿Quieres desayunar? —pregunto para distraerlo.

Devora con la mirada la mesa del bufé.

—Venga.

Me da una palmada en el culo para que me ponga en marcha y me sigue de cerca. Se coloca justo detrás de mí mientras nos llenamos los platos y me roba todo lo que pongo en el mío.

—Hay un millón de cruasanes en la cesta, ¿por qué coges el mío? —protesto.

—Porque tiene mi nombre escrito. —Me roba otro pastel del plato, así que le quito algo del suyo.

—Esa manzana es mía, Regina. ¿Me la quieres morder? —Le brillan los ojos cuando me mira.

—Tú me has robado el cruasán.

Pasamos así un buen rato hasta que tenemos el plato lleno de lo que ha elegido el otro.

Desayunamos cruasanes calientes, fruta y churros con azúcar.

Mientras comemos en un silencio cómodo, no me abandona la sensación de malestar del estómago.

Cuando me refiero a que es cómodo, omito el malestar y los pensamientos de lo guapo que es y que ahora mismo está en estado salvaje.

Disfrutamos de los churros y nos relamemos los labios más de lo normal para limpiarnos todos los granos de azúcar de la boca.

Sigo con el mismo malestar mientras bajamos a la playa y me dejo caer junto a Trent y Rachel. Tahoe desaparece unos minutos y vuelve con un neopreno negro que se le ajusta perfectamente. Después se sube a una de las motos acuáticas.

—Trent, ¿te vienes? —pregunta Saint—. Hay un equipo en el cobertizo y otra moto si la quieres.

Trent se levanta y se va con los chicos, mientras nosotras tomamos el sol. Veo cómo Tahoe le enseña cómo conducir la moto.

Se pone a su lado sin avergonzarse, aunque es evidente que Trent está un poco incómodo cuando se sube al vehículo acuático, pero Tahoe se muestra paciente y despreocupado y lo trata como si fuera uno más del grupo.

Cuando Tahoe dice algo que hace reír a Trent, la sensación de malestar se intensifica.

Que sea lo bastante hombre como para enseñar a mi novio cómo montar, incluso cuando sé que no le cae muy bien, hace que mi admiración por él crezca.

Capítulo 19

Malestar de aceptación

Al día siguiente, reconozco el extraño malestar que he sentido en el estómago. Es el mismo que sentí al mirar a Paul con el cepillo de dientes en la boca. No es solo la sensación de que temes que alguien que te importa demasiado te haga daño, sino que sabes que te lo va a hacer.

Que ya te lo está haciendo.

Que está en medio de ti y de un buen chico con el que podrías tener algo real. Así que cuando todos nos sentamos a desayunar, lo evito y me voy al asiento más alejado. Después, cuando todos vamos a la piscina, salgo del agua siempre que él entra y me doy un chapuzón en cuanto sale.

Por la tarde, me encuentra en la biblioteca. Estoy sentada en un banco frente a la ventana con un libro.

—¿A ti qué te pasa? —Cubre el hueco de la puerta por completo, parece algo confuso.

—Nada.

—No te pasa nada, entonces ¿por qué no estás fuera con nosotros? —Parece confuso de verdad.

—Estoy leyendo.

Me pregunta qué leo. *El ruiseñor,* de Kristin Hannah. Discutimos sobre por qué me ha parecido buena idea leer ahora.

—¿Me estás evitando?

—¿Qué…? —balbuceo y dejo el libro—. No, claro que no. De hecho, ahora mismo estaba pensando en ir a jugar un rato al tenis.

Me levanto de un salto y aprovecho que ha entrado en la habitación, y desbloquea la salida, para escabullirme.

Me sigue hasta el vestíbulo, coge una raqueta después de mí y me azota en el culo con suavidad.

—Vamos.

Capítulo 20

De fiesta

No le gano al tenis, pero, al menos, el ejercicio me sirve para liberar un poco de la tensión sexual acumulada. No se ha cansado tanto como yo, pero se lo ha pasado muy bien riéndose de mí y haciéndome correr detrás de la pelota mientras me miraba con media sonrisa.

Jugamos cuatro sets y después me voy a la ducha. Sustituyo las imágenes de Tahoe desnudo en la ducha por Tahoe golpeando la pelota con todas sus fuerzas, lo que por algún motivo me resulta igual de excitante. Al menos, el nudo del estómago ya no es tan insoportable y volvemos a reírnos y a bromear como amigos.

Hemos quedado todos en una discoteca del centro.

Cuando Trent y yo llegamos, le decimos nuestro nombre al portero. Nos deja pasar y vamos a la zona VIP del fondo, que está formada por cuatro reservados colocados uno enfrente del otro, como un cuadrado.

Veo a Tahoe nada más llegar.

Se le congela la sonrisa cuando me ve. Llevo un vestido de cóctel rojo y me repasa de arriba abajo con la mirada. Una, dos, tres veces, hasta que una mujer le da un golpecito en el hombro. Da un trago largo a la cerveza y se vuelve. Baja la cabeza para escuchar lo que le dice mientras se frota la mandíbula distraído.

Lo he visto miles de veces con mujeres, pero esta vez me incomoda. Sobre todo porque, a mi lado, Trent me toma la mano con cariño.

—Roth —interrumpe Trent para saludarlo.

—Davis —Tahoe no me mira cuando le da la mano.

Sonríe una fracción de segundo al observarme, pero su mirada es oscura y no me dirige la palabra.

¿Qué pasa?

¿Ya no somos amigos?

¿Qué he hecho?

—Vamos a por algo de beber.

Trent me conduce hasta la barra y espero mientras la camarera me prepara un cóctel. Nos sentamos allí con las bebidas para evitar a la multitud de la pista de baile, pero no dejo de mirar a Tahoe por encima del hombro con una sensación horrible en el pecho. No me ha tomado el pelo. Ni siquiera me ha dicho hola.

Por el rabillo del ojo, lo veo unirse a Saint, Callan y Emmett en un reservado. Con un botellín de cerveza en la mano, frunce el ceño, pensativo, mientras observa el líquido ambarino. Alterna entre dar tragos a la cerveza y mirarla como si escondiera el mayor misterio del planeta.

Tahoe siempre se ríe, pero esta noche noto la ausencia de su risa.

Nuestras miradas se encuentran; la suya es oscura, tormentosa y hace que me revuelva por dentro. Me acuerdo de la noche en el muelle.

Hasta ahora no me había dado cuenta de cuánto echo de menos esos momentos. Me gustaría estar con él, bromear y hablar. Quiero asegurarme de que seguimos tan unidos como pensaba que lo estábamos ayer, pero siento esta inquietud dentro, como si las cosas estuvieran cambiando y no supiera cómo detenerlas.

«¿El objetivo de este viaje no era pasar más tiempo con Trent?», me pregunta una vocecilla dentro de mi cabeza.

Pero ahora solo pienso en por qué Tahoe no sonríe y por qué no ha intentado siquiera tomarme el pelo. Es muy difícil de descifrar. Aunque sonría, sus ojos siguen tan oscuros que podrías perderte en ellos. Cuando pienso en él, siempre recuerdo esa oscuridad y las sonrisas que hacen que desaparezca por completo.

Más de una vez me ha parecido que la imagen que adopta en público no es más que una fachada para evitar que los demás indaguen demasiado. Soy la única que lo hace. No, no es cierto, muchos lo intentan. Es como un vikingo moderno. Claro que todos lo miran, pero ¿soy la única que ve que esconde mucho más detrás de esa sonrisa?

Sin embargo, esta noche, ni se molesta en sonreír. No se divierte. Parece que le da igual.

¿He hecho algo mal?

Como si me leyera la mente, Tahoe repasa a Trent con la mirada y después me recorre el vestido rojo de arriba abajo. El cuello me suda al sentir que me observa y me paso una mano por el pelo, cohibida.

La misma chica de antes llama su atención y hablan. Cambia el gesto a una sonrisa.

Desearía estar allí con él, escuchar qué ha dicho para que por fin aparezca el hoyuelo. Lo veo de perfil, todavía sonríe, pero me pregunto si esa sonrisa le habrá llegado a ojos o si seguirán tan oscuros y pensativos como cuando me ha mirado.

Alejo esos pensamientos, me acabo la bebida y le pido a Trent que baile conmigo.

Bailo para olvidarme de la confusión y la frustración, sin mirar a nadie, sin preocuparme por nadie, mientras me dejo llevar y me pierdo en mí misma.

Me siento aliviada cuando nos tomamos un descanso y nos sentamos en la barra. Como si el alcohol hubiese roto la barrera que nos separaba, Tahoe se sienta a mi lado mientras Trent charla con su acompañante pelirroja. En cuanto se sienta, las camareras se acercan como moscas a la miel para ofrecernos bebidas y todo lo que nos apetezca.

Se nota que la cita de Callan está encantada con Tahoe. Le dice que tiene una sonrisa arrebatadora y que le encanta su hoyuelo.

Tahoe se ríe y le cuenta que a su madre se le cayó sobre una piedra cuando era pequeño.

Le doy una patada en los tobillos y le digo que es un sinvergüenza.

Me la devuelve y dice que me encanta.

Sandy vuelve con Callan, no sin antes lanzarle un beso a Tahoe.

—La tienes loca —bromeo.

Me guiña un ojo con picardía, lo cual me alegra y me alivia. Parece que todo está bien y que la tensión entre los dos eran imaginaciones mías. Después, recupera la copa de mis manos y sonríe mientras se reclina.

Su acompañante viene y lo cierto es que no soporto ver cómo se abraza a él. Bailo, hablo y doy vueltas toda la noche hasta que los pies me matan y el alcohol afecta a mi equilibrio.

Sé que debería dejar de beber, pero por fin estoy relajada y decidida a divertirme toda la noche. No quiero parar.

Me despierto desorientada un par de horas después en el sofá de una habitación. Las ventanas están abiertas y permiten que entre la luz de la luna. El reloj del móvil me dice que son las 4.14. No tengo ni idea de cuándo me he dormido, pero recuerdo que alguien me trajo a la casa principal de la mansión de Carmichael.

Hay un reloj de platino en la mesita y un móvil que me resulta familiar.

Me muevo y noto que una manta me cubre. Me asusto porque no recuerdo cómo he llegado hasta aquí. Me levanto del sofá, busco los zapatos, que no están lejos, y me calzo. No se escucha nada fuera, así que supongo que todos se han ido. Sin embargo, cuando echo un vistazo por el ventanal de la terraza, me percato de que el silencio no es absoluto. Escucho una voz de mujer y la vibración grave de una voz masculina.

Son las voces de Tahoe y de una chica. Su cita.

Debería haber sabido que no tardaría mucho en volver a andar con fulanas. La mujer se sienta a su lado en un largo sofá de color marfil. Lo último que me apetece es ver cómo se enrollan, así que me parece mejor idea hacerles saber que estoy aquí.

—Hola —digo, incómoda.

Tahoe vuelve la cabeza al oírme.

—Hola —dice, preocupado. Aparta el brazo del respaldo del sofá y se pone en pie—. Estabas como una cuba, ¿te sientes mejor?

«No lo sé».

Tiene la camisa a medio desabrochar y se le ve un buen trozo de piel bronceada y firme. Tiene los labios algo hinchados y no sé por qué me molesto en mirar la cara de su acompañante para comprobar que es su pintalabios el que le mancha la cara.

Trago saliva y me pregunto si la tristeza es un efecto secundario del alcohol.

Me paso las manos por el pelo para intentar arreglarlo un poco. No me he molestado en retocarme el maquillaje, pero al ver a la despampanante mujer que tengo delante, ojalá lo hubiera hecho.

La mujer se levanta también y pregunta con curiosidad:

—¿Vamos a ser tres, Tah?

—Es una amiga. Su novio me pidió que la trajera a casa cuando se desmayó en el reservado porque él quería quedarse un poco más.

Hago memoria para intentar confirmar lo que dice, pero tengo la mente en blanco. Sin embargo, el rechazo me sienta como una piedra en el estómago, igual que lo que sentía a veces con mis padres, como si no fuera lo bastante buena para perder el tiempo conmigo.

—Me voy a mi villa —susurro.

Tahoe recoge el reloj y el móvil de la mesita.

—Te acompaño.

—Yo también voy —canturrea la chica.

La pelirroja camina con nosotros por la arena y, aunque intento quedarme atrás, Tahoe no me deja. Me rodea la cintura con el brazo para ayudarme a mantener el equilibrio. No dejamos de mirarnos. El azul de sus ojos es claro, así que no creo que esté borracho, pero parece pensativo. Tiene la cara bronceada y me fijo en que la barba de pocos días le da un aspecto más masculino.

La pelirroja apoya la mano en su otro hombro.

—¿Cómo os conocisteis? —pregunta para llamar su atención.

—Nos conocemos desde hace mucho —dice Tahoe.

—Por Saint y Rachel —respondo.

Me separo de sus brazos reconfortantes y señalo la villa.

—Es la mía.

—Te acompaño.

Me vuelve a sujetar por la cintura y me acompaña hasta la puerta de la terraza. Compruebo que no esté cerrada y así es. La abro unos centímetros y me giro hacia él.

—Quédate. Quédate y habla conmigo —le suplico, arrastrando las palabras.

Me mira bajo la luz de la luna y me estudia para comprobar si le estoy tomando el pelo.

Me río y niego con la cabeza.

—Perdona. Creo que estoy borracha.

Se inclina hacia mí y me acorrala contra la ventana, con las cejas alzadas.

—Voy a llevarla a la habitación. Espérame aquí, ¿vale?

Asiento, feliz.

Acompaña a la pelirroja por el camino de la playa. Se nota que está molesta.

Me parece que tarda una eternidad en volver. Nos miramos en silencio. Me pasa una botella de agua que habrá traído de su villa y agradezco que no mencione la borrachera y que se dé cuenta de que no me siento muy orgullosa de la situación. Me siento en una hamaca y él a mi lado. Bebo un poco y me miro los pies y los granos de arena que se me han metido en las sandalias.

Me siento egoísta por pedirle que se quede conmigo cuando está claro que tiene cosas mejores que hacer.

—Perdona, a veces me apetece estar contigo —confieso.

—Oye. —Se ríe—. No te disculpes. A mí también me gusta estar contigo. Ven aquí. Bebe más agua, te ayudará con la resaca de mañana. —Desenrosca el tapón de la botella para que beba, pero la rechazo.

—No, no. Yo solo… Pensaba que estabas enfadado conmigo.

—No estoy enfadado.

—Distante. No me gusta. Me costaba… —Levanto las manos y sacudo la cabeza—. Me costaba respirar al verte distante.

—¿Te costaba respirar? —pregunta con brusquedad—. Yo me he sentido como si me hubiera atropellado una apisonadora.

—¿Por qué?

—¿Por qué, Regina? —Se ríe sin ganas, mira al mar y después a mí—. Me conozco de memoria cada una de tus curvas. Todas tus sonrisas y todas las sombras de tus ojos. Sé cuándo estás feliz, cuándo estás triste y cuándo te sientes *sexy.* Cuando te veo con ese tío, no hay nada de eso y me saca de quicio.

—¡Lo estoy intentando, Tahoe!

—No deberías tener que intentarlo. O hay chispa o no la hay. —Me toma la mano y enlaza nuestros dedos. Siento calor por todo el cuerpo—. Esta ahí o no lo está.

Se separa. Sé que estoy borracha y no pienso con claridad, pero aun así hablo:

—No te acuestes con ella. ¿Vas a hacerlo, Tahoe?

—Sí, Regina. Voy a acostarme con ella.

Quiero gritar: «¿Por qué? ¿Qué tiene ella que no tenga yo? ¿Qué tienen todas que a mí me falte?».

En lugar de eso, me levanto y lo empujo con fuerza, pero ni se inmuta.

Se levanta y me mira con el ceño fruncido. Cuando me canso de levantar los brazos e intentar mover la inamovible masa que es, suspiro. Demasiado débil, dejo que me lleve en brazos al interior y me meta en la cama.

Capítulo 21

Resaca

Me despierto segura de que he soñado todo lo que pasó anoche, sin saber muy bien qué es real y qué no. No sé si Tahoe me besó en la mejilla, la barbilla o la nariz antes de marcharse a su villa. No sé si eran ruidos de sexo lo que escuché a través de las finas paredes o si tengo la mente hecha un lío y me confundo con los ruidos que ha hecho Trent al volver dando tumbos al amanecer.

La resaca me martillea el cerebro mientras hago la maleta a toda prisa para llegar al aeropuerto. Trent tiene que trabajar, así que la de ayer era la última noche que pasábamos con los demás. El avión sale pronto. Todos siguen durmiendo cuando nos subimos al taxi que nos lleva al aeropuerto.

Volvemos a Chicago en medio del típico silencio que se forma después de un fin de semana intenso y, aunque dice que ha sido de los mejores de su vida, yo no comparto el mismo entusiasmo.

—¿Te has hecho algo? —me pregunta después de varias horas callados.

El avión empieza a descender.

—¿Eh? —pregunto y miró por la ventana, deseando atisbar Chicago.

—¿Te has hecho algo en la cara?

Levanto la cabeza y parpadeo, luego me toco la mejilla.

—Tengo resaca. No tuve tiempo de… Solo llevo menos maquillaje. —Lo miro fijamente—. ¿No te gusta?

Se encoge de hombros.

—Estás distinta.

—¿Eso es bueno o malo? —Frunzo el ceño.

—Solo estás distinta.

Me vuelvo hacia la ventana, saco las gafas de sol del bolso y me las pongo para protegerme del sol.

Cuando estás de resaca no es el mejor momento para tomar decisiones, pero sé que el hombre que quiero a mi lado no le habría pedido a otro que me llevase a casa borracha, porque a él le apetecía seguir de fiesta y divertirse un poco más. Al hombre que quiero a mi lado le gustaría con el pelo liso o rizado o con cualquier color que me apeteciera ponerme en la cara. Sé que a Trent le gusto, pero también soy consciente de que no es el hombre con el que me gustaría estar en este avión ahora mismo.

Lo mío con Tahoe nunca funcionaría, pero eso no significa que Trent merezca una relación de mentira como esta.

Además, quiero algo más.

Así pues, cuando llegamos a mi piso, le digo la verdad.

Que estoy total y completamente confusa.

Que quiero que lo nuestro funcione, pero que necesito tiempo para pensar.

La conversación es corta, aunque importante, y decidimos darnos un descanso durante un par de meses, para descubrir si realmente queremos estar juntos.

—Tómate el tiempo que necesites, Gina —me dice, muy seguro mientras me aprieta la mano y nos despedimos en la puerta del piso—. Pero te llamaré. Voy a cortejarte hasta que no te queden dudas.

Capítulo 22

Mayo

Cuando volvemos de las vacaciones, lleno cajas sin parar y sigo trabajando horas extras. Voy a mudarme a otro piso durante un año, pero quiero comprarme uno. Así que paso todo el tiempo trabajando o buscando casa mientras intento olvidar todos los recuerdos de Tahoe que todavía me rondan la cabeza desde las vacaciones.

Trent me llama y, a veces, acepto vernos, solo como amigos, sin caricias ni besos ni sexo.

Creo que entiende que tengo mucho en que pensar y, en general, me deja mi espacio, cosa que agradezco.

Un jueves, en nuestra noche de chicas, les cuento a Rachel y Wynn que Trent y yo nos hemos dado un tiempo para pensar en lo nuestro.

—Bien hecho, Gina —dice Rachel.

Lo cierto es que me sorprende lo poco que les desconcierta.

—No queremos que te vuelvan a hacer daño y tienes que estar segura de que estás con la persona correcta —insiste Wynn.

—Gracias. —Doy un sorbo a mi copa y me pregunto si esa persona existirá para mí, igual que para ellas—. Pero de momento no digáis nada, por favor, puede que al final todo vaya bien.

Wynn, Emmett y yo salimos una noche de fiesta para que me despeje del trabajo cuando veo a Tahoe en la discoteca. Siento un fuerte pinchazo en el pecho. Hacía tiempo que no nos veíamos. No me ha escrito para invitarme a ningún otro partido amistoso, aunque sé que la temporada de *lacrosse* ya ha empezado. Me pregunto si tendrá alguna otra razón para no invitarme. A lo mejor ya no quiere que vaya a verlo jugar. No después de lo de Miami.

Por el motivo que sea, me quedo sin aliento cuando lo veo abrirse paso entre la gente para llegar hasta mí mientras buscamos nuestra mesa en el reservado.

—Hola, Regina.

Sonríe un poco cuando me mira.

—Hola, T-Rex.

—Me habría venido bien mi amuleto de la suerte en el entrenamiento del otro día.

Baja la voz al acercarse con una mano en el bolsillo y la oculta debajo de una chaqueta negra drapeada. Está ridículamente atractivo. Su sonrisa es como una puñalada en el pecho.

—Invítame e intentaré ir.

Saca la mano del bolsillo, me agarra del codo y me mira con una sonrisa compungida que no entiendo.

Ignora la presencia de Emmett y Wynn, y yo la de Callan y una rubia que podría venir con cualquiera de los dos, hasta que pasan varios segundos. Como si acabásemos de aterrizar en la Tierra, casi noto el tono de disculpa en su voz al saludar a mis amigos.

Callan lo llama.

Los sentimientos que me provoca volver a verlo son demasiado intensos para reprimirlos.

—¿Quieres venir con nosotros, Regina?

Lo miro, sorprendida. Me cuesta respirar cuando está cerca. Es una combinación perfecta de sofisticación y fiereza.

Respiro hondo para calmarme, pero sigue siendo alto, masculino y atractivo, huele igual de bien y esa boca…

Mientras me observa, veo una pequeña grieta entre las paredes de su muro y una intensa fuerza que nada bajo ella. Reprimo un escalofrío. Sin aliento, niego con la cabeza en un movimiento casi imperceptible. Me dedica una sonrisa.

—Ven si cambias de idea. Adiós, Regina —se despide y se marcha sin más.

Una docena de mujeres lo siguen con la mirada.

Al día siguiente, en el desayuno, Rachel menciona la escayola.

—¿Qué escayola?

—Llevaba una anoche, ¿no te fijaste? —dice Wynn.

—Se rompió la muñeca entrenando —explica Rachel mientras mordisquea un cruasán.

—¿Cómo?

Ahora entiendo el comentario de que le hubiera venido bien su amuleto de la suerte. Estoy un poco enfadada conmigo misma, si no me hubiera afectado tanto volver a verlo, a lo mejor habría tenido suficientes neuronas para darme cuenta.

Me disculpo con mis amigas y me levanto de la mesa. Salgo a la calle y le llamo. Pasara lo que pasase en Florida, seguro que es consciente de que estaba borracha y no pensaba con claridad. Me volvió a llamar su amuleto, aunque dudo que le dé suerte a nadie.

—¿Por eso no me has invitado a ningún partido? —pregunto cuando contesta el teléfono.

—Así que me echabas de menos —dice, satisfecho.

—No. Bueno, sí. ¿Estás lesionado?

—Sí, la cagué entrenando —masculla arrepentido. Es evidente que está frustrado—. No he jugado.

—Joder, Tahoe. Quiero me que cuentes estas cosas, somos amigos. Tú viniste a buscarme al hospital, quiero hacer lo mismo por ti.

—Estoy bien, Regina —dice con dulzura. Después cambia el tono a uno más divertido—. Aunque me hubiera venido bien alguien a quien abrazar en la cama.

Me río y miro qué hora es. En segundos, calculo cuánto tardaría en preparar una tarta de nueces y tomo una decisión.

—Esta noche iré a tu casa —digo y cuelgo.

Cuando vuelvo a la mesa, las chicas están en silencio y se lanzan miradas interrogantes, pero no me doy cuenta hasta que levanto la vista del plato.

—¿Qué pasa? —pregunto.

—No he dicho nada —dice Wynn.

Rachel me mira preocupada, como si quisiera decirme algo pero no sabe cómo hacerlo sin ofenderme. Decido que no vale la pena discutir y vuelvo a sacar el tema de la próxima ecografía y si Saint y ella sabrán el sexo del bebé.

Un poco más tarde de las ocho estoy en el ascensor de Tahoe. Llevo unos vaqueros y un jersey que me compré con el descuento de empleada. Es verde esmeralda y lo bastante abrigado para no tener que llevar chaqueta.

Estoy más nerviosa de lo que esperaba y el corazón me late deprisa. Ya he estado aquí antes, primero con Rachel y Saint y aquella vez que aparecí por sorpresa, pero no estoy acostumbrada al lugar. Es enorme y atrevido, no creo que me familiarice con él nunca. Suelos de madera, muebles de cuero y paredes de piedra decoradas con cuadros impresionistas y expresionistas. Todas las obras en las paredes son antiguas. Los marcos son viejos, dorados y están tallados. Contrastan muy bien con el mobiliario moderno y crean un ambiente complejo, masculino y elegante.

La pieza más impresionante es el Van Gogh colgado sobre la chimenea. Van Gogh, un hombre solitario, torturado y apasionado, tanto que se cortó un pedazo de oreja por amor. Trabajó toda su vida sin vender más que un solo cuadro. No entiendo mucho de arte, pero he ido a alguna exposición con Rachel y el único pintor que me ha impactado de verdad y cuya historia no olvidaré es Van Gogh.

Sentado entre un montón de papeles está Tahoe. Sé que me esperaba, pero me sorprende verlo solo, sin ninguna mujer colgada del hombro.

Está muy guapo así, tan masculino y solitario. Le pega. Lee algo con una mano y tiene el brazo escayolado sobre el respaldo del sofá, relajado, de manera informal. La luz del techo se refleja en su pelo rubio.

Tengo la sensación de que llevamos años sin vernos.

Aparte de anoche, no nos veíamos desde que me emborraché y lo empujé.

«¡Joder, no sé beber!».

—Te he traído algo.

Levanto la tarta como una rama de olivo.

Los ojos le brillan al recibirme. Me mira de arriba abajo y sonríe.

—Vaya. Comida. —Se levanta despacio, levanta la mano buena y me revuelve el pelo.

Me siento… bien.

Le estudio el pecho y el brazo hasta la escayola blanca, que le cubre la muñeca, con la mirada. No me gusta verlo lesionado. Me imagino lo mal que lo pasará por perderse los partidos y los entrenamientos.

—No te comas el papel de aluminio, ¿vale?

Le saco la lengua y dejo la tarta en la mesita junto a los papeles.

Vuelve a sentarse y me mira con el ceño fruncido y expresión curiosa. Parece preguntarse por qué no me siento.

—¿No te vas a quedar para darme de comer? —bromea.

—¿Qué?

Levanta el brazo y mira la escayola.

—Es muy difícil comer sin la mano derecha —dice.

—No voy a darte de comer. —Frunzo el ceño, pero me siento junto a él de todos modos. Le doy un codazo por tener la desvergüenza de pedirlo—. Eres un consentido. ¿De quién es la culpa? ¿De la primera, Lisa?

—Lo dudo.

—¿La querías?

—La adoraba. —Me mira con una expresión sombría que le marca todas las líneas de su rostro—. ¿Quieres a Trent? —pregunta.

Me mira con tanta intensidad que parece que descubrir la respuesta sea su razón de vivir.

—No lo sé. Supongo que lleva un tiempo querer a alguien de esa manera. Me gusta mucho. Quiero quererle.

Siento la tentación de contarle que nos hemos dado un tiempo, pero no quiero que me haga más preguntas, así que me callo.

—¿Él te quiere?

—¿Cómo voy a saberlo?

—Porque te lo dice.

—No me lo ha dicho. —Vuelvo la cara y miro el Van Gogh de la chimenea—. De todas formas, las palabras no significan nada. Paul me dijo que me quería un millón de veces, hasta que añadió un «no» delante.

—Pero no vamos a volver a mencionar a ese gilipollas nunca más. Está muerto —dice con asco.

Me río.

—Ay, Tahoe. —Suspiro, apoyo la cabeza en el respaldo y miro el techo, como él—. ¿La engañaste?

Frunce el ceño y en su voz hay cierto deje de fastidio.

—Claro, Regina, porque eso es lo que haces cuando adoras a una mujer.

Ninguno levanta la cabeza. Seguimos observando el precioso techo de gruesas vigas de madera.

—Venga ya, Tahoe. No puedes contener la bragueta cerrada. Tienes demasiada testosterona acumulada.

—Me contengo contigo.

El comentario me hace pensar en lo que esconde en la bragueta. Vuelve la cabeza y me mira. Trago saliva.

—Porque tengo novio y somos amigos. Además, están Rachel y Saint.

Cruzamos la mirada. Está muy cerca, tanto que veo las motas de azul más claro en sus ojos oscuros.

—No creo que quieras a Davis.

—¿Por qué?

—No me habrías besado como lo hiciste en Nochevieja.

—Estábamos borrachos.

Se ríe.

—Yo no tanto.

Me incorporo y frunzo el ceño.

—¿No?

Se incorpora también y niega con la cabeza.

En su mirada se entrelazan la honestidad y un ansia salvaje que me dejan sin respiración. Me siento vulnerable.

—Voy a por agua. ¿Quieres?

No espero a que responda. No sé bien dónde está la cocina, pero me da igual. Tengo que alejarme.

Doy vueltas para encontrarla. Deambulo por el piso hasta dar con ella y, por fin, consigo un vaso después de buscar en los veinte armarios.

Estoy inquieta.

Me altera el mero hecho de estar aquí, el lugar donde duerme, trabaja y se ducha. De saber lo cerca que está ahora… en su guarida decadente de hombre.

Sacudo la cabeza y vuelvo a centrarme en el agua.

Llevo el vaso hasta el fregadero para llenarlo y doy un largo trago cuando veo una figura a mi izquierda.

Estaba tan ensimismada y tensa que me sobresalto y el vaso cae al suelo y se rompe. Una voz grave me dice que no me mueva. El corazón me palpita con fuerza.

—¡Joder, T-Rex! —grito.

—Culpa mía —se disculpa y me mira con cautela—. No he debido acercarme sin avisar.

Quiero decir que es culpa mía, pero me doy cuenta de que no he hecho nada malo, así que me río y le doy la razón:

—Cierto.

Me mira y sonríe.

—Ve a por una camisa limpia al armario, yo limpio esto.

Dudo un segundo antes de decidir que no quiero quedarme con la ropa mojada puesta y salgo de la cocina. Cruzo el pasillo en busca del dormitorio.

Me detengo en el umbral de la puerta y echo un vistazo dentro. La habitación es enorme y la decoración moderna. Fuera está oscuro y solo las luces de las farolas la iluminan. La luna arroja una luz grisácea sobre la cama de Tahoe.

Sin querer, lo imagino ahí tumbado, guapo y desnudo, y al instante me recrimino por siquiera pensarlo. Sobre todo, porque nunca he imaginado a Trent así.

Rebusco en los cajones y saco una camiseta de manga larga de los White Sox. Cuando me la pongo, una de las mesitas me llama la atención.

Es mi foto, junto a su reloj y su cartera. Esa en la que miro a la cámara y parezco vulnerable porque me pilló por sorpresa.

Ignoro el pinchazo del estómago y vuelvo a la cocina.

Tahoe está junto a la ventana y observa el cielo de Chicago con la mandíbula apretada, como si estuviera frustrado por algo.

Todos los ángulos y las curvas de su cara se dibujan en la penumbra. Sus ojos casi brillan cuando se gira y me ve con su camiseta de los White Sox. Su mirada se tiñe de algo salvaje por un instante antes de sofocarlo. No puedo respirar.

Trago saliva y busco algo con lo que distraerme.

—Iba a por agua.

—Lo sé —dice, sin ningún interés por mi sed.

Me mira a los ojos y después me recorre el cuerpo. Me quedo quieta y dejo que me mire.

Con su camiseta.

Aunque no dice nada de la que he elegido, me observa como si me viera preciosa con ella. No creo que ningún hombre me haya mirado así antes. Aprieta la mandíbula. Su voz corta el aire.

—Te traeré agua.

Coge una taza de plástico y la llena.

Miro la taza con pajita para niños y arqueo una ceja.

Sonríe con sorna.

—Tengo un primo pequeño. —Me mira a los ojos—. Además, ya ha quedado claro que no podemos confiarte objetos delicados o afilados.

Me río y pongo los ojos en blanco.

—Cállate. —Estiro la mano—. Dame mi tacita.

Se ríe y me la pasa, después me toma del brazo y me conduce hasta el salón. Se sienta en el sofá blanco y da una palmada en el asiento junto a él. Enciende la chimenea y, cuando me siento, me fijo en que ha recogido los papeles.

Agarro a la tacita como si me fuera la vida en ello. Me da miedo moverme.

Después de un par de minutos eternos, carraspea.

—Anda, ven aquí. —Levanta el brazo y me atrae hacia su pecho—. Me gusta que hayas venido —susurra mientras me acaricia el pelo.

Trago saliva.

—Alguien tenía que vigilarte.

—Supongo —acepta y me mira a los ojos.

Nos quedamos un rato en silencio, pero no me aparto de sus brazos.

No debería acomodarme, así que me incorporo y pongo algo de distancia entre los dos.

Me acaricia la columna con la mano y la deja caer.

—¿Qué pasa?

Me encojo de hombros y echo un vistazo a un grueso libro de coches antiguos que hay en la mesa de centro.

—¿Te gustan los coches tanto como el *lacrosse?*

—Mi abuelo restauraba modelos antiguos. El de la cubierta es mío. —Sonríe y vuelve a apoyar el brazo en el respaldo del sofá—: Antes construían cosas que lo resistían todo —añade.

—¿De verdad? Es precioso.

—Un día te daré una vuelta.

Coloco la cabeza en el respaldo y miro el techo.

Entre el trabajo y la búsqueda de piso, las últimas dos semanas han sido agotadoras y me están pasando factura. Apoyo la mejilla en el sofá para mirarlo. Me habla de la colección de coches de su abuelo y del museo que hay en Texas para honrar su memoria. Me concentro en el sonido de su voz, que me adormece como una nana.

El olor a jabón de su piel me hace sentir como si estuviera de vacaciones y no existiera nada más. Solo él. Él. Dios, él.

—Estoy a gusto contigo —susurro, como una confesión.

Se vuelve y me mira con los ojos entrecerrados.

—¿Con tu novio te sientes tan a gusto como conmigo?

El calor de su mirada hace que me entren ganas de decirle la verdad: «Empecé a salir con él porque tú siempre me has dejado claro que nunca estaremos juntos».

Se le dilatan las pupilas, como si hubiera leído la respuesta en mi rostro.

—No —reconozco—. Pero ¿qué importa? ¿Qué más da si estoy más cómoda contigo? Se te dan bien las mujeres. —Sonrío para intentar suavizar el ambiente—. Son tu especialidad.

Frunce el ceño.

—Nunca he dicho eso.

—Pues no sé por qué hablamos del tema. ¿Por qué lo hacemos?

Se incorpora y me mira. Su expresión es sombría, apoya los codos en las rodillas y se sujeta la escayola con la mano buena.

—Solo porque no esté contigo, no significa que no piense en ti.

Arquea las cejas, desafiante, y añade una sonrisa de chico malo al comentario mientras me da tiempo para procesar lo que acaba de decir.

Parpadeo atónita.

—¿Te burlas de mí? —Entrecierro los ojos y me enderezo.

—¿Por qué iba a hacerlo? —Me coloca un mechón de pelo suelto detrás de la oreja y sonríe.

—¿Tahoe Roth, seductor empedernido, de pronto cree en la monogamia? ¿Ahora quieres tener novia? —pregunto y le doy un empujón en el pecho mientras me río al pensarlo.

Se ríe también.

—Soy demasiado viejo para tener novia —responde.

Me agarra la muñeca antes de que la aparte y me da un cálido apretón.

—¿Y qué quieres? ¿Qué sea tu grupi para siempre? ¿Prometes no romperme el corazón, conquistador desvergonzado?

Sonríe y me aprieta la muñeca con suavidad. En ese momento, siento como si me presionase el corazón.

—Tendrías que dármelo para poder romperlo. —Su voz es grave y seria, como su mirada.

—Ni en tus mejores sueños, Roth —digo sin aliento. Me libero de su agarre—. Me gusta estar contigo, ¿y qué? Haces que baje la guardia, ¿y qué? Me emborraché y dije un par de estupideces. ¿Todo esto viene de ahí? No fue nada.

Se inclina y separa los brazos. Sigue con el hoyuelo marcado a pesar de que sus ojos se arremolinan como una tormenta.

—Lo fue para mí.

—No fue nada —repito, me incorporo en el asiento y tiro de su camiseta, nerviosa.

—Como tu quieras. No fue nada. —Sonríe, recuesta la cabeza y se pone las manos en la nuca, a la espera de una reacción.

Suspiro.

—Me dijiste que no tenías nada que ofrecerme. Me ha costado mucho entender que tenías razón.

Muy despacio, apoya los codos en las rodillas y se inclina hacia delante. Aprieta la mandíbula con frustración y sus ojos pierden brillo. Se vuelven casi negros.

Me mira sin energía, como si la hubiera amordazado dentro de sí mismo para controlarla.

—No eres tú misma cuando estás con él. La chica que tengo delante… —Me mira y asiente, despacio—, esta es la Regina que conozco. La chica que veo con Davis no es más que una sombra de ella. Te mereces algo mucho mejor que ese imbécil y lo sabes.

Las dudas que tengo sobre la relación con Trent salen a la superficie y odio a Tahoe por provocarlo.

—Es bueno —digo poco convencida.

—¿Lo es? —Arquea las cejas. Si no lo conociera mejor, diría que, bajo ese brillo travieso en sus ojos, hay una pizca de celos—. ¿También le das las bragas?

—No. —Me sonrojo por el recuerdo y le doy un golpe en el pecho, enfadada—. Por cierto, las quiero de vuelta.

—Va a ser que no.

Me atrapa la mano y la acaricia con el pulgar antes de soltarla.

La sujeto con la otra y siento calor donde me ha tocado.

—¿Por qué no?

—Por que me gusta mirarlas —dice sin una pizca de vergüenza—. Me gusta cómo huelen y la sensación de tenerlas entre los dedos.

El rubor se extiende por mis mejillas, el escote y el cuerpo.

Siento calor entre las piernas.

Mi corazón parece un volcán que bombea lava por mis venas.

—No creo que lo quieras —continúa—. No eres feliz con él. Es como si te obligases a ser lo que crees que quiere. Si está contigo, debería quererte como eres y punto. —Me mira confuso, frustrado y enfadado—. Nena —dice mientras niega con la cabeza, perplejo—, ¿por qué querría una mujer ser cualquier otra cosa, pudiendo ser tú? —Me agarra las mejillas y me mira a los ojos—. Dime, Gina —me pide mientras estudia mi expresión.

Sus ojos me atraviesan.

Tensa la mandíbula con tanta fuerza que podría partirse un diente.

—¿Y si ese imbécil es lo mejor a lo que puedo aspirar? —le desafío.

Suelta una risita y me acaricia los pómulos con los pulgares antes de soltarme.

Apoya la espalda en el respaldo y niega con la cabeza.

—Eso no es verdad. Puedes aspirar a mucho más —me asegura. Me toca el pelo, me da un toque con el dedo en la nariz y se inclina. Inhala y dice—: Eres preciosa. Auténtica. Hueles de maravilla. —Se aleja y sonríe sincero—. Tu presencia es como una chispa que no se apaga. Sabes hacer tartas y tu sonrisa es adictiva.

Le doy un codazo para esconder el rubor.

—¡Qué idiota eres! Venga ya.

Se ríe y no deja de sonreír.

—No es ninguna broma. —Me devuelve el codazo—. Me encanta tu sonrisa. Venga, enséñamela. —Me acerca y me mira la cara.

Levanto la barbilla y le muestro una sonrisa falsa y tirante.

Frunce el ceño.

—Algo así, pero menos tensa. —Con los pulgares, me masajea las comisuras de los labios—. Ahí está —murmura mientras busca mis ojos con los suyos.

Deja los pulgares en mis labios un segundo de más.

Pierde la sonrisa una fracción de segundo y nos sostenemos la mirada.

Solo pienso en sus labios. Quiero besarlos. Quiero sus manos en mi cuerpo, debajo de su camiseta, entre mis piernas y dentro de mí.

Baja la mirada a mi boca, como si fuese lo único que existiese para él en este instante.

Se me acelera el corazón.

Tengo miedo.

Su mirada me asusta. Es tan azul, tan clara, tan expectante. Hay ansia y deseo en ella. Este hombre me devoraría y no dejaría ni los huesos.

Despacio, me frota los labios con el pulgar y me quita algo de pintalabios.

Casi se me sale el corazón del pecho cuando me doy cuenta de que desea mi boca. Quiere mis labios desnudos, sin nada que los cubra.

Pero tengo tanto miedo que tiemblo. Pienso en Trent y en el tiempo que nos hemos dado.

Por fin le gusto a un chico amable, incluso podría quererme. Mientras, Tahoe haría conmigo lo que quisiera y me lo quitaría todo. Ya es una amenaza para mi relación con Trent o con cualquier otro.

No puedo arriesgarme a entrar en ese juego. Antes, cuando se trataba de acostarnos una noche, era una opción.

Ahora me gusta.

Ahora me importa más de lo que me importa el maquillaje, el trabajo, encontrar piso, mis amigas e incluso el chocolate.

Es divertido, generoso, protector y algo gallito. Pienso en él a menudo y hace que me sienta viva. Y, por encima de todo (es casi una revelación, porque hace un año jamás habría pensado que llegaríamos a ser tan cercanos), también me da demasiado miedo perder su amistad.

Me pongo en pie y, con la voz grave por un deseo que no quiero sentir, digo:

—Me tengo que ir.

Me sujeta por la muñeca.

—Quédate.

Sus ojos azules me traspasan. Esconden un sentimiento ardiente bajo la superficie que me provoca un pinchazo entre las piernas.

Hay algo en su mirada que me transporta a la boda de Saint y Rachel.

La misma verdad está ahí, el mismo reclamo, la misma ansia.

Cuando me preguntó si lo deseaba y le dije que no.

Si me lo volviera a preguntar ahora mismo, no sé si mi respuesta sería la misma. Pero ¿luego qué?

Perdería su amistad y seguiría viendo cómo conquista a todas las mujeres del planeta.

Gracias, pero merezco algo mejor. Incluso Trent es mejor que eso.

—Tengo que irme.

Me libero de su agarre y me dirijo al ascensor.

Ya he pulsado el botón varias veces cuando me llama. Me doy la vuelta. Se ha puesto en pie y me mira con determinación y frustración.

—¿Alguna vez piensas en nosotros, Regina?

—Sí.

Le brillan los ojos de forma amenazadora.

—Pero eso no significa que vaya a hacer nada al respecto. No queremos lo mismo, quiero algo que no puedes darme. Así que espero que te guste la tarta. Recupérate pronto —me despido mientras me subo al ascensor y me doy la vuelta.

No dejamos de mirarnos hasta que se cierran las puertas. Entonces, escucho un golpe y un grito.

—¡Me cago en la puta!

Me trago el nudo que se me forma en la garganta porque estoy bastante segura de que ha tirado la tarta contra la pared.

Capítulo 23

Hogar

Durante las siguientes semanas me siento como si hubiera metido toda mi vida en una batidora y la hubiera encendido. Me he mudado varias veces, pero esta me resulta más estresante porque es la primera vez que lo hago sola.

En invierno, las aves sienten el cambio de temperatura y migran en bandada en busca de climas más cálidos. Después de que Rachel se casase y Wynn se mudase con Emmett, me sentía como la única ave que se había quedado atrás. Sin embargo, eso ha cambiado este verano después de que conociera a un amigo de Tahoe, William Blackstone, que me enseñó un piso precioso, del tamaño perfecto para mí y muy bien situado en el Loop. Es un piso de un dormitorio, que dobla en tamaño al que tengo ahora, con unas vistas increíbles y un armario que no creo que sea capaz de llenar nunca.

Es hora de abandonar el nido.

Son los últimos días que paso aquí. Paseo la mirada por el piso que estoy a punto de dejar y por la pila de cajas que cierro con cinta aislante. El piso que compartí con Rachel durante años. Conozco el crujido de la puerta de la habitación, por mucho que lubrique las bisagras. Las horas de ruido y el momento en que me despertaba porque las vecinas habían abierto la ducha al otro lado de la pared. Desde la otra, escuchaba cómo mi mejor amiga tenía sexo sin parar con el que ahora es su marido. Conozco cada detalle de esta casa y todo por lo que ha pasado en los últimos años (como las goteras y grietas en los cristales), pero ha terminado el contrato de alquiler y tengo que irme.

Es viernes por la noche y solo estamos las cajas y yo.

Tomo un sorbo de vino y me pregunto cómo puede ser que parezca tan enorme sin mis cosas y tan triste sin los detalles que lo decoraban, como si lo hubiera desmaquillado.

Tengo miles de buenos recuerdos aquí. También algunos malos, como la muerte de aquel vecino. Pero, a pesar de la tristeza, siento la certeza de que esta casa ya no tiene nada que ofrecerme. Voy a dar un paso. Uno bueno. Voy a pasar página. Un cambio de aires.

Este nuevo contrato de un año me dará tiempo para ahorrar lo suficiente para comprarme mi propia casa. Quiero echar raíces y tener un hogar sin esperar a que alguien más quiera formarlo conmigo.

Quiero ser feliz. Quiero estar completa.

Por fin, después de pasarme semanas empaquetando, me mudo al nuevo edificio un caluroso día de julio.

Se dice que el hogar está donde está el corazón, y las vistas de los grandes ventanales y el espacio en el armario ya han conquistado el mío.

Entro en mi nuevo apartamento, cegada por la luz del sol que entra desde la ventana. Me cuesta creer que este piso tan increíble sea mío. Contemplo las vistas que veré a partir de ahora todas las mañanas. Los preciosos edificios colindantes, las calles limpias, las banderas que ondean en la entrada de un colegio y el parque. El Loop. Voy al armario y me maravillo con las perchas y los espacios vacíos que esperan a llenarse de zapatos, ropa y accesorios. Miro a mi alrededor asombrada, verdaderamente feliz y aturdida.

¡Madre mía! Estoy en casa.

«Por ahora».

Rachel me envió a dos conductores de la empresa de Saint para que me ayudasen a cargar, transportar y descargar todas las cajas. A las cinco, ya las he abierto casi todas con ayuda de mis amigas e incluso he hecho la cama.

Trent me llama. Aunque nos hayamos dado un tiempo, trata de verme y mantener el contacto. Le digo que estoy de mudanza y que no puedo quedar hasta más tarde. Espero que se ofrezca a ayudar, pero me dice que lo llame cuando termine.

—Te echo de menos —añade.

Dejo el teléfono y releo el último mensaje que me envió Tahoe. Parece que fue hace siglos.

No lo he visto desde que estuve en su piso. Rachel me ha contado que ya le han quitado la escayola y que pasa la mayoría de los partidos en la zona de castigo.

Cuando lo recuerdo y la forma en que nos despedimos, vuelco una lata de refresco sin querer.

—Mierda. —Limpio el líquido del suelo y tiro la lata a la basura. Cuando me agacho, noto la camiseta pegajosa.

—Anda, mira eso —dice Wynn, que mira por la ventana.

La verdad es que me da igual lo que esté viendo. Me interesa más ir al baño a limpiar el desastre que he provocado. Intento mojar la zona manchada y después secarla un poco con una toalla. No queda perfecto, pero para abrir cajas me vale.

Vuelvo al salón y me encuentro con un chico alto con una gorra de béisbol. Lleva una caja enorme y un montón de bolsas de supermercado que deja en la encimera.

—Eres el mejor —chilla Wynn señalando las bolsas—. Nos morimos de hambre.

Me acerco con el ceño fruncido.

—No he pedido… —Me quedo con la palabra en la boca cuando el hombre de la gorra se da la vuelta y me mira.

Sus ojos azules se me clavan y me olvido hasta de lo que iba a decir.

Estaba tan distraída con el desorden de cajas desperdigadas por la casa que no lo había reconocido.

Se me corta la respiración.

Siento que el suelo desaparece bajo mis pies. Siento como si cayese de un extremo de la Tierra al otro. No esperaba ver a Tahoe aquí. Va vestido con un traje de oficina, excepto por la gorra que le cubre el pelo rubio. Como si hoy el viento fuera más fuerte de lo normal y hubiera elegido controlar así su cabello, en lugar de peinarlo.

Lleva la barba algo más larga, demasiado *sexy* y demasiado atractivo. Casi me duelen los ojos, echaba mucho de menos verlo.

Un destello aparece en su mirada al ver mi sorpresa. Saca un sándwich preparado de una de las bolsas, lo pone en un plato y me lo ofrece. Con una sonrisa algo burlona, me mira a los ojos cuando lo tomo y lo sostengo como una imbécil mientras no dejo de observarlo. Contengo el aliento y trato de aferrarme a este momento.

—¿No te lo vas a comer? —pregunta en voz baja y con un deje íntimo, como si estuviésemos solos y no rodeados por mis amigas y los trabajadores de la mudanza.

Respiro hondo para tranquilizarme, le quito el envoltorio al sándwich y le doy un mordisco.

Los segundos me parecen eternos, pero también pasan de golpe cuando Wynn se acerca y me mira por encima del hombro.

—¿De qué es? ¿De pavo? Yo quiero uno.

—Sírvete.

Tahoe saca otro de la bolsa y se lo pasa. Wynn lo atrapa en el aire.

Su voz es más grave de lo habitual y se le marca bastante el acento. Cuando retrocede y me mira, me da un toquecito en la nariz con el que parece preguntarme si va todo bien.

Lo miro. Está tan cerca que podríamos fundirnos en uno. Me revuelve el pelo y sonríe como si le hiciera gracia. Me quita el sándwich y le da un mordisco.

Respiro aliviada. Después de varias noches de pesadillas y de dar vueltas en la cama preguntándome si nuestra amistad se había acabado, aquí está mi T-Rex. Ha vuelto.

Nos reunimos alrededor de la encimera de la cocina para comer. A escondidas, observo el perfil de Tahoe mientras nos tomamos un descanso y masticamos.

De pronto, me siento como en casa de nuevo, llena de gente y animada.

Aunque todavía está repleta de cajas y muebles envueltos, ya no tengo miedo de sentirme sola.

Es el último en irse.

Nos sentamos en el suelo de madera del salón, apoyados en la pared que está frente a la ventana con las mejores vistas, porque los sofás siguen envueltos en plásticos, con las piernas alineadas, uno al lado del otro. Le toco un pie con el mío.

—Ya no llevas la escayola.

Se remanga la camisa, hace ya rato que se ha quitado la chaqueta y me enseña la muñeca, gruesa y bronceada.

—Como nueva.

Sonreímos a la vez, pero ninguno lo hacemos con la mirada.

De repente, necesito decir lo que he tenido en la cabeza todo el día.

—¿Te habría gustado que tirase la comida que has traído como hiciste con la tarta? —Miro por la ventana mientras hablo, no me atrevo a mirarlo a la cara.

Le echo un vistazo de reojo cuando no responde.

—¿Por qué? —pregunto.

Sonríe arrepentido, pero hay algo oscuro en su mirada.

—¿Tú qué crees? —Me estudia y disecciona cada una de mis expresiones—. Porque no quería comer tarta.

No pierde la sonrisa triste, agacha la cabeza y se ríe con sorna mientras se acaricia el hoyuelo.

Me duele el estómago. Tengo la misma sensación incómoda.

Suspira y se vuelve hacia mí. El hoyuelo ha desaparecido. Me atraviesa con la mirada. Cuando habla, su voz es apenas un susurro, que, aun así, llena todo el espacio.

—Quiero besarte.

Me acaricia los labios.

—Quiero besarte. Cuando te miro, con esas curvas, tu pelo salvaje, tus ojos oscuros y esa sonrisa esquiva, me muero por pegarte a mí, enredar las manos en tu pelo y ahogarme en tu olor. Y también por besarte.

Se le oscurece la mirada.

—Quiero quitarte el pintalabios y que lo único que toque tu boca sea la mía. A la mierda Davis. A la mierda todo, solo quiero besarte.

Respira con brusquedad por la nariz a la vez que baja la mano.

Cuando aparta los dedos, siento un cosquilleo en los labios que me quema. Quiero abrirlos y lamerlo, lo deseo muchísimo, todo lo que ha descrito y más.

Apenas soy capaz de articular palabra.

Me miro los pies y con el dedo gordo le acaricio el zapato.

—¿Y después qué? Me dejarás los labios desnudos y serás lo único que toque mi boca, te irás y me quedaré sin nada. Al menos, ahora somos amigos. Nuestra amistad significa mucho más para mí de lo que imaginas. Significas mucho para mí.

Mueve el zapato de forma que todo mi pie queda apoyado en él.

—Tú también me importas mucho.

—Pues ya está. —Resoplo para quitarle importancia y sacudo la mano—. Si en Nochevieja te tengo cerca, te daré otro pico.

Sonrío. Él no.

—Lo prefiero ahora. —Se inclina y me besa.

Es un beso rápido.

En los labios.

Su boca roza la mía una milésima de segundo y, de forma instintiva, le devuelvo el beso. Sus labios son cálidos y fuertes. El mundo se tambalea y todo desaparece. Lo único que existe es este beso. Un beso que se convierte en todo.

Todo.

El contacto entre nuestros cuerpos me provoca una intensa oleada de calor. Cuando se separa, me observa a solo unos centímetros. Sonríe ligeramente y se le ilumina la mirada. Después del beso, su deseo crece.

«Como el mío».

—¿Estás libre el viernes? Necesito acompañante para un evento.

Me aclaro la garganta y asiento. Sigo confusa y aún no me creo lo que acaba de hacer, pero me alegra que nos llevemos bien de nuevo, así que no me importa hacer como si no hubiera pasado nada.

—Vale. ¿Qué me pongo?

No le digo que el viernes es mi cumpleaños porque todavía no he hecho planes y quedar con él me parece la mejor idea posible, la verdad.

Echa un vistazo a las cajas y mete la mano en la más cercana.

—Esto.

Sonríe y saca lo primero que encuentra: un delantal.

—Ja, ja. —Se lo quito y vuelvo a guardarlo.

Se ríe y yo con él.

—Es algo informal, ponte lo que quieras.

—Vale. El pijama —bromeo.

—Por mí perfecto. —Sonríe con picardía.

Compartimos una larga mirada cargada de significado. Apoyo la mejilla en su hombro y me siento genial en este momento, con él en mi piso.

—Gracias por convencer a tu amigo.

—Haría cualquier cosa por ti, Regina.

No habla con el tono bromista de siempre. Suena serio, seguro y sincero. Nos quedamos sentados y admiramos mi nueva casa hasta que le suena el móvil. Después de un rato, maldice entre dientes y lo saca. Echa un vistazo a la pantalla y veo el número «18» junto al icono de los mensajes.

—Joder. ¿Estás evitando alguna invitación? —Entrecierro los ojos, divertida—. Están decididos a que vayas.

Se lo vuelve a guardar en el bolsillo.

—Ya. No me interesa.

El jueves por la noche quedo para cenar con Trent en Carnivale. Estoy distraída. Me preguntó si estaba libre la noche de mi cumpleaños. Estoy agotada de la mudanza, pero ha insistido tanto que no he podido negarme a concederle la noche anterior.

Se esfuerza por hacerme reír, pero lo siento forzado. No sé qué me pasa. Recuerdo la carta que Tahoe y yo quemamos y tiramos al fondo del lago y, con ella, a Paul. Ya no me hará más daño. Sin embargo, no me deshago de la sensación de inquietud. ¿Por qué no puedo conectar con Trent como hago con…? Bueno, con él.

Al final de la cena, me da una caja y me pide que la abra en casa. Dudo si invitarlo a subir, pero no quiero ser borde después de que se haya esforzado tanto en hacer que mi día sea especial. Le digo que suba diez minutos para abrir el regalo. Nos sentamos en el salón y me mira mientras lo hago. En la caja pone «MAC».

—Maquillaje más que suficiente para todo un año —dice—. Para que siempre vayas como una princesa.

Me encanta MAC.

Me encanta el maquillaje.

Así me gano la vida.

Sin embargo, por algún motivo, la idea de añadir más capas a mi máscara me revuelve el estómago. Me ha costado mucho abrirme con Trent y, mientras miro el kit de maquillaje, me pregunto si le importa lo que hay debajo.

A lo lejos, veo el delantal que Tahoe me dijo que me pusiera mañana, asomando por una de las cajas. Una sensación de calidez me hace sonreír.

Parece que Trent interpreta mal mi gesto.

—Joder, estás preciosa. Veo que te gusta el regalo. Vuelve conmigo, Gina —suplica.

Avanza para besarme, pero me aparto rápidamente.

Aunque una parte de mí quiere besarlo para intentar borrar la sensación de los labios de Tahoe, me gustaría sentir en el beso de Trent una fracción de la electricidad que me provocaron los labios del segundo, tan firmes y cálidos.

Pero no puedo. Ya nada me parece bien.

—Dame algo de tiempo. Estoy confusa. Con el piso nuevo y todo… —Señalo alrededor—. No lo sé. Solo necesito tiempo.

Lo miro e intento buscar aquellas partes que pueda amar, incluso me esfuerzo por encontrar algo que se parezca remotamente a lo que siento por mi conquistador vikingo.

Cuando Trent se marcha, me duele todo el cuerpo de abrir y vaciar cajas. Me doy una ducha caliente y, después de enjabonarme el pelo, me quedo bajo el agua con los ojos cerrados. Muevo los hombros debajo de la alcachofa y me masajeo las sienes con fuerza, con la intención de librarme del dolor de cabeza. Riachuelos de agua se deslizan por mi cara. Me cae una gota en el labio superior y la sensación de los labios de Tahoe sobre los míos me vuelve a la mente. Suaves, firmes y cálidos. Ay, Dios.

Sola en mi nuevo piso y en una ducha que todavía no me resulta familiar, no me creo que me controlase para no separar los labios y saborearlo como llevo tanto tiempo soñando. Imagino cómo sus labios se moverían sobre los míos y cómo tomaría el control, aunque fuera yo la que iniciara el beso.

El agua me cae por la cabeza. Siento un hormigueo en los labios. En mi imaginación, lo beso. Nos recuerdo sentados lo bastante cerca como para girarme, acariciarle el pelo con las manos y acercarme a él de manera que mis intenciones quedasen claras, con los pezones presionados contra su pecho duro y las caderas alineadas con las suyas. Lo beso como solo he soñado y, un segundo después, me rodea con los brazos, ya familiares, me abraza con una posesividad desconocida y me transporta de vuelta al día que lo vi en la ducha de la terraza durante las vacaciones de primavera. Sin vergüenza, hermoso y masculino, confiado, musculoso, bronceado y desnudo.

Lo veo en la ducha igual de desnudo, cada centímetro de su piel pegada a la mía. Mis manos recorren los riachuelos de agua que se deslizan por mi cuerpo y las muevo a la vez que imagino sus dedos dentro de mí. La fantasía me vuelve loca. Lo acerco a mí y me aprieta contra él. Imagino cómo me besa todos los rincones donde quiero que lo haga hasta llegar a los labios, donde solo me da un pico, como el de hoy: seco y firme, inesperado y poderoso, y mil escalofríos me recorren el cuerpo, uno tras otro.

Jadeo. Apoyo la sien en la pared de la ducha. Permanezco de pie, con las rodillas temblorosas, abrazada a mi cuerpo. Debería sentirme mejor, más relajada y saciada, pero, aunque el dolor entre los muslos se ha calmado un poco, el que siento en el pecho solo ha empeorado.

Capítulo 24

Su acompañante

El viernes por la mañana, Tahoe me recoge para que le acompañe al evento. Cuando salgo, me espera en el coche antiguo que vi en la portada del libro de su casa, un Mercedes-Benz plateado que parece salido de un museo. Mientras sale y lo rodea para abrirme la puerta, recuerdo la fantasía de la noche anterior y me sonrojo.

—Buenos días —murmura y sonríe.

Ahí están el hoyuelo y la mirada traviesa.

—Hola.

Sonríe e intento mantener la calma, pero me cuesta mucho. No deja de observarme mientras toma asiento al volante.

—¿Te has sonrojado?

Se inclina y me levanta la barbilla con los dedos. Le aparto la mano y me río.

—¡Claro que no! ¿Por qué iba a hacerlo? —pregunto y maldigo al sentir cómo la mejillas se me ponen todavía mas rojas mientras me abrocho el cinturón.

Sonríe para sí, arranca el coche y nos incorporamos a la carretera. Primero paramos a tomar un café. Nos sentamos en silencio mientras Tahoe lee el periódico y yo veo cómo la ciudad despierta y el amanecer. Cuando Bloomer Chocolate Company abre sus puertas y Tahoe me conduce hacia la fábrica en vez de a la tienda, freno en seco.

—Hay un motivo por el que no he usado el vale que me diste. Aquí no se hacen visitas guiadas. Nunca lo he oído; no se hace —digo.

—Cierto, no se hace —reconoce con una sonrisa, pero sigue llevándome hacia la puerta—, pero tú sí.

Estoy tan nerviosa como si hubiera encontrado el último billete dorado para ir a la fábrica de Willy Wonka. Tahoe me conduce al interior del gigantesco y ruidoso edificio. Nos recibe un hombre que, por su ropa, intuyo que tiene un cargo importante en la fábrica y que nos la enseña. No hay cascadas de chocolate ni Oompa Loompas. Es un negocio moderno a gran escala. Hay tanques enormes donde se derriten los ingredientes, chocolate líquido, cacao y azúcar por todas partes.

La mejor parte llega cuando entramos en la tienda y nos llevamos todo el chocolate que podemos. Hay chocolate negro, con leche y blanco, y también frutos secos, galletas, plátanos, fresas y cerezas recubiertos de chocolate.

—Todavía falta lo mejor. —Sonríe y señala algo detrás del mostrador que está tapado.

El hombre le dedica a T-Rex una sonrisa de complicidad y retira la sábana.

Descubre un palacio de Versalles enorme hecho de chocolate. No tengo palabras.

Se ríe, me lleva hasta el mostrador y lo señala.

—Han hecho hasta las ventanas. —Sé que me mira para ver cómo reacciono.

Me cuesta mantenerme serena.

Lo miro, feliz, confusa, incrédula y halagada.

—¿Quieres que me coma mi casa? Sinvergüenza. —Aunque intento bromear, estoy sin aliento.

Me mira con una sonrisa adorable y el hoyuelo marcado durante un minuto, como si esperase a que dijera algo más.

La mirada me desarma. Dejo de hacer el tonto, me acerco y lo abrazo. Permito que me devuelva el abrazo y me envuelva en el calor de sus brazos.

No me gustan los abrazos, pero me sorprende lo mucho que disfruto con él.

—Feliz cumpleaños, Regina —me susurra al oído, despacio y con voz suave.

—Gracias, T-Rex. Creía que no lo sabías.

Me obligo a separarme y miro el palacio de chocolate mientras parpadeo para no llorar.

Diez minutos después, estamos sentados en un banco delante de mi casa, disfrutando del calor de la brisa veraniega mientras intercambiamos el alijo de bolsas llenas de chocolate. Le doy un codazo.

—Prueba esto.

Me devuelve el codazo, coge lo que le ofrezco y se mete un anacardo recubierto de chocolate en la boca.

—Está rico.

Miro hacia la calle en un intento desesperado por resistirme a su sonrisa cautivadora.

Cuando me acompaña a casa, cargo con un suministro de chocolate para un mes entero. Siento remordimientos por haber comido tanto.

Todo me parece casi tan fácil como antes. Sería perfecto si mi cuerpo no fuese tan extremadamente consciente de su proximidad.

Pienso en ello, en mi foto en su mesita de noche y en el beso del otro día, cuando de pronto me da un codazo que me hace volver a la realidad.

—¿Sigues aquí? —Arquea una ceja y me mira extrañado.

Asiento de inmediato.

—Pensaba que solo un mejor amigo le regalaría a una chica tantísimo chocolate. Si fueran pareja, tendría que convivir con todo lo que se le quedase en las curvas.

—Estás de coña. —Deja de andar y entrecierra los ojos con incredulidad. Frustrado, aparta la mirada para volver a observarme con más intensidad que nunca—. Tus curvas son deliciosas. Cualquiera querría pasarse horas jugando con ellas.

Las mariposas de mi estómago se vuelven locas y me acaloro.

—Cállate —susurro y lo empujo con el ceño fruncido, incapaz de mirarle a los ojos—. A los T-Rex todas y todo les parece delicioso.

Su mirada se oscurece.

—A este no —replica.

La forma en que lo dice provoca que las mariposas bailen enloquecidas.

Lo miro, veo el calor de su mirada y me invade ese miedo a que me vuelvan a hacer daño y que me duela mil veces más que todo por lo que he pasado.

Creo que él también lo sabe. Nunca ha habido ningún hombre en mi vida tan protector como él. Ha llegado hasta el punto de protegerme de sí mismo.

Pero lo único que consigue es que sienta más cariño por él.

Me sigue dentro de casa, deja el palacio de chocolate en la mesa del salón y ve la caja de maquillaje en el sofá. Anoche debí dejármela ahí.

—Trent me regaló un kit de maquillaje por mi cumpleaños —la explico.

La sonrisa desaparece y arquea las cejas. Cierra los ojos, vuelve a sonreír y la frustración desaparece. Me levanta la barbilla.

—Vamos a tener que volver al muelle a pintar algunos peces.

¿Qué obsesión tiene este hombre con que no lleve maquillaje?

Camina hasta la puerta.

—Menuda ridiculez —le reprocho—. Casi tanto como comerme Versalles. —Lo señalo y reconozco—: Aunque tal vez me coma los arbustos.

—¿Los arbustos? Como quieras. —Suelta una carcajada.

Las mariposas arden.

Gruño y lo empujo hasta la puerta.

De camino, toma una de las bolsas de chocolate.

—¡Oye! —exclamo antes de que abra la puerta—. Eso es mío.

Se da la vuelta y retrocede despacio, mirándome.

—Ven a por ello.

Levanta la bolsa en el aire y la balancea para provocarme.

Corro hacia él y doy un salto para intentar atraparla, pero me rodea la cintura con el brazo, me acerca —casi me aplasta contra su pecho— y me vuelve a besar.

Doy un respingo, sorprendida por el roce de sus labios. Las mariposas montan una fiesta en mi estómago y parece que se me han subido a la cabeza.

Espera y me contempla sin soltarme.

Nuestros ojos están al mismo nivel. Su nariz casi roza la mía. Respiramos con dificultad. No sonríe, me mira serio, con cautela e interés. Ladea la cabeza y observa mis labios desde otro ángulo.

—¿Vas a salir con tu novio hoy? —pregunta arrastrando las palabras.

Espera, como si se prepara, y se debatiera en su interior, para besarme de verdad.

—Cené con Trent ayer —digo sin aliento y lo aparto nerviosa—. Mañana entro a trabajar temprano. Tienes que dejar de hacer esto, Tahoe.

Me doy la vuelta y, tímidamente, me paso el dorso de la mano por los labios.

Se da cuenta y, para provocarme, se lame los suyos. Los ojos le brillan, desafiantes.

—Ya veremos —responde con picardía mientras se marcha con la bolsa de chocolate en una mano y hace el signo de la paz con la otra.

Me dedica una sonrisa adorable desde la puerta, lo fulmino con la mirada y me pregunto si es el chocolate lo único que me ha robado.

Capítulo 25

Hombrecito

A principios de agosto ya es oficial: Rachel y Saint van a tener un niño. Está ya de casi treinta y cinco semanas y, aunque hace tiempo que querían saber el sexo, la posición del bebé complicaba que los médicos pudieran verlo. Bueno, el niño ya no puede esconder sus joyas.

De camino a casa de Saint y Rachel, me debato entre si contarle a mi amiga lo confundida que me siento sobre Tahoe o no. Quiero contárselo, pero también necesito dejar de pensar en él. Es una cuestión de supervivencia.

Entro en la casa y sigo las voces hasta el segundo piso del ático, y por el pasillo, hasta la habitación del bebé. Me detengo un momento en el umbral de la puerta y admiro la encantadora decoración. Hay una cuna blanca enorme y una mecedora también blanca preciosa. Las paredes tienen dibujos de palmeras y animales de la selva pintados a mano.

Me quedo quieta y callada durante no sé cuánto tiempo, porque dentro de la habitación están Rachel, Saint, y él. He llegado en el instante en que Tahoe le está regalando a Saint su primer palo de *lacrosse*.

Es corto, de madera, y parece viejo y desgastado.

—Para cuando el hombrecito cumpla los quince años —le dice a Saint divertido mientras maniobra con el palo con un movimiento rápido—. Tendrá que esforzarse para mantener la pelota lejos de mí —añade con un brillo amenazador en los ojos y una sonrisa de oreja a oreja.

La escena me derrite corazón con tanta intensidad que casi me llevo la mano al pecho para asegurarme de que sigue ahí.

—¡Gina! —me saluda Rachel.

Todos se vuelven hacia la puerta.

Los ojos azules de Tahoe se iluminan al verme y endereza la espalda. Ensancha los hombros, tensa los músculos y cierra las manos en un puño. Sonríe. Le falta poco para parecerse a un tigre que acaba de despertar después de hibernar y se relame porque acaban de traerle una mujer.

A la que una vez llamó «apetecible».

Me obligo a respirar, sonrío y abrazo a Rachel.

—Si hubiera sabido que el bebé ya tendría un palo, le habría traído la pelota —bromeo y le doy una cucharita de plata; la primera que tuve—. Para que le traiga suerte —digo para posponer el momento de volverme hacia los hombres.

Cruzo la habitación para felicitar a Saint y, cuando Tahoe me mira, parece natural para ambos abrazarnos a modo de saludo. Me ruborizo cuando sus brazos me envuelven y me susurra un «hola» al oído.

—Hola —respondo.

Sus labios me rozan el lóbulo de la oreja al hablar, no sé si por accidente o no, y retrocede sin dejar de mirarme. Parece el príncipe oscuro de los seductores, con unos pantalones de chándal grises, una camiseta azul marino y una bolsa de deporte con el equipo de *lacrosse* a los pies.

Con un pinchazo de emoción en el estómago, me percato de que tiene partido. Como esperaba, después de diez minutos charlando animadamente sobre el bebé, se disculpa para irse.

—Debería ir al partido —digo con cautela y, cuando Saint y Raquel arquean las cejas, añado—: A ver si así ganáis.

Como nadie habla, me dirijo a la puerta con una ceja alzada para ver si Tahoe me desafía.

No lo hace. Sonríe de oreja a oreja y me dedica una mirada traviesa.

—Por supuesto, si fuera por mí, siempre llevaría mi amuleto de la suerte.

Nos despedimos de la pareja, que intercambia una mirada de preocupación, desconcierto y diversión.

Mientras bajamos en el ascensor, observo su perfil.

—Ha sido muy bonito que le dieras al pequeño Saint tu primer palo de *lacrosse.*

—Bueno, Saint es mi mejor amigo. Voy a querer a ese crío como si fuera mío.

—¿No planeas tener ninguno?

Lo miro, pero él observa cómo los números del ascensor descienden y no dice nada hasta que llegamos a su coche, subimos y salimos hacia el campo de *lacrosse.*

—Me alegra que hayas venido.

Su voz es profunda y honesta. Detiene el coche en la plaza que tiene reservada y me dirige una mirada traviesa.

—Yo también.

Parece estar transformándose en el fiero jugador que viste el doble cero cuando salimos del coche y entramos en el área de juego.

—Oye.

Su voz me detiene a los pocos segundos de entrar en los pasillos, él de camino al vestuario con la chaqueta colgada al hombro y en dirección contraria, hacia las gradas.

Me doy la vuelta. Se le marca el hoyuelo. Inhalo para controlarme. Luego, me pongo de puntillas y lo beso en el hoyuelo.

—No mates a nadie.

—Solo a los del equipo negro —dice con una sonrisa y desaparece por el pasillo.

Da una paliza al otro equipo.

Todo lo que se oye durante el partido, mientras hace los saques, corre y lanza la pelota es:

—¡Saque!

—¡Punto para el equipo rojo!

—¡Saque!

—¡Punto para el equipo rojo!

—¡Saque!

—¡Punto para el equipo rojo!

—¡Saque!

—¡Punto para el equipo rojo!

Somos los últimos en el vestuario cuando termina de cambiarse, pero en lugar de irse, se sienta en el banco y me arrastra con él.

—Oye. El mes que viene... ¿Vendrías conmigo a la cena de aniversario de mis padres? Estoy cansado del discursito que me dan cada vez que voy a casa, la misma cantinela una y otra vez.

—¿Quieren que dejes de ser un mujeriego, bla, bla, bla?

—Más bien, bla, bla, bla.

—¿No quieren que dejes de ser un mujeriego? Vaya.

—Tú ven.

Me sonrojo. No porque me avergüence, sino porque, definitivamente, sé que un hombre como Tahoe haría que me viniera.

Las palabras quedan suspendidas en el aire. Sus ojos son oscuros y tormentosos, como cuando piensa en algo que solo puedo intentar adivinar, y me pregunto si piensa en lo mismo que yo.

No necesitaba imaginarlo corriéndose, pero ya está en mi cabeza. Imagino sus rasgos deformados de placer, rígidos por el esfuerzo. Imagino que un hombre como él debe ser extremadamente *sexy* al correrse. Imagino cómo embiste, con fuerza y de forma salvaje, y entonces oigo su risa en el presente y me sonrojo mientras rezo porque no se imagine en qué estoy pensando.

Me dice el día que nos vamos.

—Te recogeré a las nueve. Iremos en avión.

Sus ojos son inescrutables, es imposible saber lo que piensa, pero, aun así, el rubor de las mejillas no desaparece.

—¿Qué tiempo hace? —pregunto e intento disimular.

—¿Nunca has estado en Texas?

—No.

Se ríe.

—Es como viajar al infierno en verano.

Capítulo 26

Raíces

El segundo jueves de septiembre me subo al Hummer de Tahoe y nos dirigimos hasta el aeropuerto. Últimamente, las cosas están un poco tensas entre nosotros. El ambiente está cargado, nuestros cuerpos llenos de electricidad, a punto de estallar en cualquier momento. Aunque me alegro de que ninguno se sienta obligado a hablar. En vez de eso, escuchamos *Elastic Heart,* de Sia, y otras canciones que suenan en la radio.

Con tensión o sin ella, nos miramos de reojo y, cuando nos pillamos, sonreímos. Me hace feliz, al menos parece que se alegra de haberme invitado.

Entramos en la zona del aeropuerto donde están los aviones privados. Un piloto nos da la bienvenida y carga nuestro equipaje en la bodega del avión.

Sigo a Tahoe dentro de un avión enorme y me pide que me siente. Después, se marcha a la cabina para tomar los mandos y el piloto se sienta en el asiento del copiloto.

Me abrocho el cinturón y admiro el lujoso interior del avión unos minutos antes de que entremos en la pista de despegue. Antes de que me dé cuenta, aceleramos y despegamos.

Leo *Heaven, Texas* durante el vuelo hasta que me duelen los ojos, aparto el libro y miro el cielo azul y las nubes por la ventanilla. De vez en cuando, echo un vistazo a las pantallas que informan del recorrido del vuelo. Se encienden los altavoces:

—¿Todo bien por ahí, Regina?

Con una sonrisa, me asomo por el pasillo para mirar la cabina. Tahoe echa un vistazo por encima del hombro, con los cascos puestos y un brillo en los ojos que me provoca mariposas en el estómago. Me guiña un ojo y dice:

—Vamos a aterrizar pronto, ponte el cinturón.

Obedezco y observo cómo la mezcla de tierras secas y de regadío de Texas se acercan. Estoy cada vez más nerviosa y emocionada. Creo que nunca he tenido tantas ganas de nada como de pasar tiempo con él.

Cuando aterrizamos sin problemas, cruzamos la pista hasta un todoterreno negro que nos espera fuera.

Pronto, salimos del aeropuerto de camino a la ciudad. Llegamos a una casa de dos pisos rodeada por robles y cedros, donde nos recibe un camino salpicado por elegantes arbustos de romero bien podados.

Me emociona estar aquí. Cuando nos dirigimos a la entrada, me percato de que Tahoe parece más interesado en mi reacción que en ninguna otra cosa.

—¿Te criaste aquí?

—En la ciudad sí, pero no en esta casa. Se la compré a mis padres en cuanto pude como muestra de agradecimiento por soportarme. —Sonríe y me conduce hasta la puerta principal.

Tengo la sensación de que en Texas todo es más grande. Los hombres, sus manos, sus pies y, sin duda, las casas.

—Mi casa es tu casa —dice con una sonrisa y el acento marcado.

Coloca la mano en mi espalda con suavidad y me insta a avanzar. Hace que me sienta protegida.

Su madre es el arquetipo de lo que una madre debería ser. Amable, algo gordita, con las mejillas sonrosadas, el pelo bien cortado y un bonito vestido un poco anticuado. Su padre es alto y rubio, con los mismos ojos azules que él. Se les iluminan los rostros cuando lo ven entrar por la puerta, pero la sonrisa de su madre cambia rápidamente a un ceño fruncido.

—¿Barba? De eso nada. Me gusta que mi hijo vaya bien afeitado, gracias —dice y le da un sonoro beso.

—No puedes obligarme, mamá. —Sonríe y le devuelve el beso.

—¡No soporto el roce del vello facial! —Se ríe y se frota la mejilla.

Entonces, Tahoe me mira y me dedica una sonrisa que me acelera el corazón

«A mí me encanta», pienso, después frunzo el ceño y me saco esa idea de la cabeza.

—¡Tahoe! ¿Le has preguntado a Saint lo de mis prácticas? Me gradúo el año que viene.

Una chica rubia de unos veinte años con un bonito bronceado sale del salón. Se mira el reloj, como si se le acabara el tiempo.

—Ya te dije que las hicieras conmigo —le responde y le revuelve el pelo.

La chica gruñe.

—Quiero un desafío, no que mi hermano mayor me lo ponga fácil.

—Vale, a la mierda, le preguntaré a Carmichael. Es el empresario más capullo del mundo, pero bueno. ¿Contenta?

Duda y arruga los labios.

—Mucho. Que no se te olvide. No voy a dejarlo correr —le advierte.

—Lo haré, te lo prometo. —Entonces, me señala—. He traído a una amiga.

Su madre me mira con los ojos como platos.

—Ah. —Parpadea—. ¡Ah! Una «amiga».

—No —intervengo de golpe—. Quiero decir, sí, soy su amiga, pero no su «amiga».

—Mi hermano no tiene amigas, así que tanto una cosa como la otra resulta extraño —me explica su hermana con ironía—. Livvy —se presenta.

—Gina.

—Nunca has traído a nadie a casa —dice su padre, que mira a su hijo con una sonrisa deslumbrante y una mirada esperanzada antes de acercarse y abrazarme.

Cenamos todos juntos.

Pierdo un poco la alegría al comparar su familia con la mía.

Me alegro cuando Tahoe se sienta a mi lado y me pasa una bebida, como si hubiera intuido que me hacía falta.

—Gracias —digo con una sonrisa.

Cuando su madre y su hermana traen el siguiente plato, Tahoe me da una patada en el tobillo para llamarme la atención.

—¿Estás bien? —pregunta.

Me mira fijamente, interesado.

—Sí, no pasa nada. —Me encojo de hombros y me río, avergonzada—. Me da envidia la relación que tienes con tus padres. Se nota que os lleváis muy bien, aunque no os veáis a menudo.

Frunce el ceño, pensativo. Su frustración por mí es evidente. Me dedica una sonrisa triste.

—¿Cuánto hace que no ves a tus padres?

—Hará dos años en Navidad. Los quiero y sé que ellos a mí también, pero es difícil avivar una relación tan distante. Demasiados años de llamadas sueltas. La distancia crea distancia, hasta que deja de importarte.

Nos miramos en silencio. Me pasa su bebida cuando me termino la mía y le agradezco que no me dé su opinión sobre el tema, que me escuche y que se haya molestado en preguntar.

Me siento a su lado mientras todos hablan, doy un sorbo y me da la mano para apretármela con cariño.

—Nos tienes a nosotros.

—Por supuesto —digo imitando su acento.

Nos reímos y nos quedamos como estamos, con su mano sobre la mía.

Entonces, nos callamos. La música clásica que ha puesto su madre para ambientar la cena resulta tan agradable que es fácil quedarse en silencio. Además, parece más que feliz con que estemos así, mientras sus dedos callosos aprietan los míos.

Su familia se da cuenta y, como no quiero que crean lo que no es, libero la mano y disfruto de la cena.

Su madre me cuenta que todas sus amigas le contaban que su hijo sería todo un rompecorazones.

Tahoe le asegura que sus relaciones nunca duran lo bastante como para llegar a tanto.

Le doy una patada en el tobillo y le digo que debería darle vergüenza.

Me la devuelve y responde que no se avergüenza de nada.

Sus padres nos miran con extrañas sonrisas que parecen esconder un rastro de pena y dolor. No un dolor intenso, sino uno tenue, esperanzador, casi curado.

Me encanta que quisieran celebrar su aniversario con una cena tranquila con sus hijos.

También me alegro de que vayamos a quedarnos todo el fin de semana.

Se está muy a gusto en esta casa. Todos los rincones están iluminados por lámparas y llenos de libros que nunca te plantearías leer hasta que los ves. Todo es cálido: desde la decoración de los reposabrazos del sofá hasta las plantas llenas de vida de las ventanas.

Sus padres se van a dormir poco después de cenar. Sigo a Tahoe al piso de arriba y me quedo sin aliento cuando entramos en la sala de estar.

El suelo es de mármol blanco y gris y hay grandes ventanales en las paredes. Se ve casi todo Hill Country desde aquí. Luces blancas, amarillas y azules parpadean desde abajo.

A la derecha, hay una chimenea apagada y a la izquierda una enorme pared llena de fotos en blanco y negro de plataformas petrolíferas.

Estudio la habitación y me detengo a mirar al hombre que tengo delante.

Parece tranquilo. Arropado. Fuerte. De músculos duros, piel suave y algo desaliñado. Tiene una copa de vino en la mano, lo que explica sus labios rosados y húmedos, y los ojos entrecerrados.

No decimos nada. Mueve la cabeza hacia la derecha para pedirme que le siga.

Me conduce por el largo pasillo, desde donde veo su habitación a través de la puerta medio abierta del fondo. Nos detenemos justo antes de llegar, frene a la puerta que hay a la izquierda.

La abre y veo una gran cama blanca con detalles en azul celeste. Las sábanas de seda y algodón incitan a dormir en ella durante décadas.

—Puedes dormir aquí —dice—. Ahí tienes toallas, ya has visto el salón, la cocina está abajo…

—¿Dónde dormirás tú? —pregunto.

Me arrepiento en cuanto lo digo. Me sonrojo y me muerdo la lengua para no retractarme. Me quedo en silencio hasta que responde.

—Aquí al lado. —Sonríe y señala la habitación por encima del hombro.

Me tienta asomarme y echar un vistazo adonde pasa las noches.

Pero me limito a asentir.

Me mira de arriba abajo y se aclara la garganta.

—Bueno, si me necesitas, estaré en el despacho.

Sale rápidamente de la habitación. Tan deprisa que no me da tiempo a preguntarle dónde está el despacho.

«Qué más da, Regina, no necesitas saberlo».

Sacudo la cabeza, me quito los zapatos y me tumbo en la cama.

A los quince minutos sigo en la habitación de invitados.

Pero no consigo dormir.

Me levanto. No sé muy bien adónde voy, pero me da igual.

Salgo de la habitación, descalza y con las uñas pintadas de rojo asomando bajo la tela de camisón de seda. Deambulo por la casa y encuentro el despacho vacío. Vuelvo sobre mis pasos y llamo a la puerta junto a la mía. Está entreabierta, así que echo un vistazo.

Los ángulos y las curvas de su cara se cincelan a la perfección en la oscuridad. Sus ojos azules resplandecen.

Está descalzo. Solo lleva unos vaqueros y una camiseta blanca y está despeinado.

Por cómo está sentado en el borde de la cama, se nota que está cansado.

Echo un vistazo a la habitación. Hay una foto vieja en la mesita de noche. La toma y la pone boca abajo, después mira el marco con la mandíbula apretada.

—¿Quién es?

Se sorprende al oír mi voz.

—Mi mujer —dice.

—¿Es Lisa? ¿La mujer a la que querías?

—Era la mejor persona que jamás he conocido.

—¿Ahora prefieres a las idiotas como yo? —bromeo.

Me dedica una mirada llena de ternura y tristeza, pero me alegra conseguir que el hoyuelo asome con una leve sonrisa.

Me río.

—Perdona. No puedo evitarlo. —Me siento a su lado—. ¿Qué pasó?

—Murió hace siete años.

Me da la sensación de que quiere estar solo. Es como un muro de hierro impenetrable. Me dispongo a levantarme, pero se inclina y me susurra al oído que me quede. Su voz y su expresión son igual de intensas.

Apenas soporto mirarlo a la cara. Solo es un hombre, un ser humano, igual a mí en muchos aspectos. Nos tocaron malas cartas y dejamos de jugar. Si le dieran una nueva mano, ¿lo intentaría?

Me doy cuenta de que la quería y que, al contrario de mi situación con Paul, siempre lo hará. Porque se la arrebataron antes de tiempo.

Un amor puro y primario.

Siento un dolor en el pecho y me avergüenza que sean celos. No sé por qué. Desde luego no espero que tenga esos sentimientos por mí.

—La ves en todas las mujeres, ¿no es así?

Se ríe y se rasca la barba.

—No te haces una idea.

Le doy la mano. Es un gesto natural, lo que haría cualquier amiga en un momento así. Sin embargo, siento un calor que me sube por el brazo cuando su mano atrapa la mía y la aprieta.

—Háblame de ella.

—Siempre decía cosas raras. Se daba cuenta de detalles que los demás ignoraban. Siempre veía lo bueno en la gente. —Tiene la mirada perdida y los ojos le brillan—. No era lo bastante bueno para ella. —Me mira—. Como tampoco lo soy para ti.

Aparta la mirada como un niño travieso, como si no se tomase nada en serio. Excepto este momento conmigo. Porque bajo la picardía y la sensualidad, los ojos nunca le habían brillado con tanta intensidad. Siento un calor que me quema por dentro.

Se pasa una mano por la cara.

—Salíamos juntos cuando le dieron el diagnóstico. Leucemia. Un tipo raro, LCP. El pronóstico era de dos años, e incluso ahora, el tratamiento es experimental. Nos casamos porque no quería que estuviera sola. Enfermó cuando era adolescente. Yo apenas tenía dieciocho años. Éramos unos críos.

—Dios, lo siento. ¿Qué hicisteis?

—De todo. Quimioterapia, radiación, trasplante de células madre... Vivía en una burbuja de cristal para evitar infecciones. Era una pesadilla de la que nunca despiertas. Nunca salió de la burbuja. Me sentía impotente al verla, sola, sin poder tocarla ni besarla. Nunca se quejó y siempre sonreía. Cuando te toca vivir esta mierda, lo menos que mereces es quejarte, joder.

—No estaba sola, estabas con ella. Supongo que luchó y se mantuvo positiva por tu bien.

—No lo dudo. Todo fue una mentira. Todos los días me decía que estaba bien, aunque notaba cómo se apagaba ante mis ojos. —Se ríe—. Mi mujercita murió virgen en esa burbuja de cristal.

—Lo siento mucho.

—Me marché poco después. Preocuparse tanto por una persona duele demasiado. Era tan dulce... No se lo merecía. Y cuando ya no están a tu lado, te quedas hecho una mierda. Cuesta mucho recuperarse. Me prometí que nunca volvería a pasar por ello.

—Entiendo que te resulte difícil conectar con una mujer.

—Imposible.

Nos quedamos callados un rato. No quiero molestarlo mientras se pierde en los recuerdos, así que me dispongo a irme. Pero con sus rápidos reflejos de deportista, me agarra por la muñeca.

—Quédate.

Lo miro a los ojos y siento una presión en el pecho.

Todos tenemos miedos de los que nadie nos puede proteger. Miedos tan profundos de los que nos resulta imposible escondernos o escapar. Te aprisionan, te dominan y te absorben la energía, hasta que de pronto despiertas sudado en medio de la noche, llorando y desesperado por encontrar algo a lo que aferrarte porque tienes la sensación de caer. Hasta que una superficie dura detiene la caída.

Para mí, esa superficie es Tahoe Roth.

Sin embargo, por primera vez, la necesidad de consolar a otra persona supera con creces mi instinto de supervivencia. Así que me quedo y entrelazo nuestros dedos. Apoyo la frente en la suya y cerramos los ojos.

Con la voz teñida de culpa, me susurra al oído, como si me confesase el peor pecado del mundo.

—Te imagino en mi cama.

Me acuna la cara con la palma de la mano y me mira a los ojos.

—Estoy aquí —susurro.

Se ríe y me besa en la mejilla.

—No me refería a eso.

Capítulo 27

Abrazados

Alguien me abraza cuando despierto. Analizo la situación y noto que estoy en una cama suave, al lado de algo duro y dos brazos enormes que pesan una tonelada me rodean la cintura.

Respiro y hago inventario.

Vale, sigo vestida.

Él está desnudo de cintura para arriba y lleva los vaqueros desabrochados.

Lo siento todo.

Tiene el tipo de cuerpo que merece aparecer en un anuncio de ropa interior y el tipo de anatomía para una película porno.

Tengo que salir de aquí, pero me da miedo moverme.

Si me muevo, se despertará. Tendré que mirarle a los ojos y todo será muy raro porque… ¿Ahora, qué?

Suspiro y le agarro la muñeca con los dedos. Es tan ancha que solo cubro la mitad. No respiro mientras intento levantarle brazo. Gruñe y lo baja, me abraza las caderas y me acerca a él.

Está empalmado.

Hay que joderse. Bueno, supongo que eso es lo que quiere hacer.

Estoy atrapada en la cama con él. No hay salida. Debería quedarme, darme la vuelta y lamerle los abdominales. Probar el sabor de su magnífica polla que, para ser sincera, me partiría en dos. Es enorme y está muy bueno. ¿Cómo sería follar duro con él?

Estoy húmeda.

¿Por qué he dormido aquí?

Me sobresalto cuando me da la vuelta y esos increíbles ojos azules me miran fijamente.

Contengo el aliento, levanta la mano y la apoya en mi mejilla.

Cierro los ojos, con miedo a que me toque alguna otra parte, porque no tendré la fuerza para pararlo.

En lugar de eso, la cama chirría cuando coloca parte de su peso sobre mí y me susurra:

—No la veo en ti. —Cierro los ojos con fuerza, su voz es grave y casi amenazadora—. He estado con muchas mujeres a lo largo de este año y en ellas solo te he visto a ti.

Me sostiene la cara y el silencio se alarga. Me atrevo a abrir los ojos y me encuentro con su mirada deslumbrante y llena de vida, también enfadada.

—¿Te molesta que te haya robado su recuerdo? Guárdalo. Mantenlo vivo si te hace feliz.

—No lo hace.

Dejo que me acaricie los labios con el pulgar.

—Si hay alguien que entienda que no quieras volver a pasar por algo así, soy yo.

—¿De verdad? Entonces, ¿por qué intentas volverme loco? ¿Por qué cada vez necesito estar con más mujeres? ¿Por qué no te saco de mi cabeza?

—Crees que si te acuestas conmigo serías infiel porque no soy ella.

Aprieta la mandíbula, enfadado.

—Vaya. —Parpadeo—. Quién lo iba a decir. El mayor mujeriego del mundo, fiel a una sola mujer.

Escuchamos un ruido que proviene de la cocina.

—Mejor me voy. No quiero que piensen que… —Lo aparto y me marcho para cambiarme—. Nos vemos abajo —digo mientras salgo por la puerta—. Tahoe —le llamo e intento sonreír, pero me tiembla la barbilla—. Siempre has sido honesto conmigo al decirme que no puedes darme lo que quiero, pero, aun así, gracias por contármelo.

Bajo a la cocina después de pasar por la habitación de invitados para ducharme y cambiarme.

—Tahoe ha salido con papá —dice Livvy desde la mesa.

Me siento a su lado y disfruto de los huevos y las patatas asadas.

—La verdad es que me sorprende que te haya traído —parlotea—. A todos nos extrañó. Lisa murió el día del aniversario de mis padres, por lo que la celebración siempre es algo amarga para él. Un día para celebrar, pero también para estar de luto.

—No sabía que había muerto hoy —digo y suelto el tenedor.

Se me ha quitado el hambre.

La expresión de Livvy se vuelve triste, pero luego da una palmada con alegría forzada.

—Bueno. A mamá le hace mucha ilusión que hayas venido. Quiere que tenga mejores recuerdos, más felices. Es duro verlo. Frustrante. No le gusta sentirse impotente y, desde entonces, no se ha permitido ser vulnerable. —Su mirada se ensombrece—. Le gustas. De verdad, quiero decir.

Sonríe y es adorable porque tienen la misma sonrisa.

—A Lisa la miraba con ternura, como si fuera algo que tenía que proteger. A ti te mira como un hombre mira a una mujer que le importa.

No quiero darle importancia a lo que dice, pero mi mente me ignora y se aferra a sus palabras con esperanza.

¿Sería capaz de sanar lo bastante para volver a querer a alguien? ¿Se permitiría sentir algo por mí?

Divago en silencio cuando su padre entra en casa y me dice que Tahoe me espera fuera para ir a dar una vuelta.

Emocionada con la idea, lavo el plato rápidamente y Livvy me lleva fuera. Salgo y me dirijo a un enorme establo. Disfruto al ver media docena de caballos en los cubículos y me llama la atención un toro mecánico que está justo en el medio, entre un montón de colchonetas rodeadas de heno.

Observo el aparato y al hombre que lo limpia vestido con un mono azul. Al verlo, un escalofrío me recorre el cuerpo.

—¿Tienes un toro mecánico en el jardín?

—Por supuesto. No hay nada mejor que montar en un toro enfadado. —Da una palmada al asiento y me dedica una sonrisa deslumbrante. Levanta una ceja—. ¿Quieres probar?

—Prueba tú —desafío.

Se ríe.

—Lo he hecho un millón de veces.

Se sube, agarra el pomo y el toro se mueve. Lo monta un minuto, con los músculos flexionados. Después lo apaga, desmonta y me agarra por la cintura para ayudarme a subir.

—Ahora tú.

—Ay, dios. —Estoy tan nerviosa que casi vomito.

—Venga. —Me da un azote en el culo y me sujeta por la cintura. Me coloca los dedos sobre el pomo—. Aguanta todo lo que puedas.

—Tahoe —gruño—. Solo hago esto contigo.

—Así es. Vive un poco.

Retrocede con una sonrisa y me mira alegre mientras lo enciende. El toro se mueve despacio.

—Vale, puedo con esto.

Me sujeto con las dos manos y entonces se sacude con violencia. Es imposible que aguante. Vuelo por los aires, aterrizo en la colchoneta y me río eufórica. Sigo riendo en el suelo cuando se deja caer a mi lado y miramos el techo.

—Menudo subidón, ¿eh?

Me acaricia la garganta con los dedos y me mira. Dejo de reír.

Tengo la respiración acelerada por la adrenalina, pero sé que los latidos de mi corazón se deben a otra cosa. Algo cercano y peligroso. Algo que no puedo montar.

Alterada por su cercanía, me incorporo con ayuda de las manos y me pongo en pie. Lo observo mientras se dirige a ensillar dos caballos.

Los músculos se le tensan bajo la camiseta. Es un hombre muy atlético que nunca ha sido capaz de querer a nadie que le importase físicamente.

—Ven aquí —dice, ajeno a mis pensamientos.

—Ni siquiera sé cómo subirme a eso.

—Yo te ayudo. —Me agarra por la cintura y empuja hacia delante. Luego, me coge el culo.

—¡Tahoe! ¡Así no!

Me retuerzo para que no me levante. Cada vez me cuesta más resistirme a su magnetismo y me encanta la sensación que me provoca cuando me toca. Muy masculino. Muy él.

—Es el culo más bonito del mundo —bromea, me azota y lo aprieta un poco.

Después me da la vuelta y me acerca a su pecho.

Nos reímos, pero la sonrisa desaparece cuando nos miramos, conscientes de lo cerca que estamos. Mis tetas se arquean contra su pecho y tiene las manos en mi culo. Acerca la nariz a mi cuello y entierra la cara en mi pelo.

Bajo la cabeza y le agarro la camiseta.

No podemos evitarlo. Cuando levanta la cara, los ojos le brillan con fuerza. Me mira como si fuera un objeto prohibido; el más delicioso que nunca probará.

Lo miro con cuidado, nerviosa y levanto la cabeza.

Entonces, desliza los brazos por mi cintura y me pega más a él.

—Ven aquí —dice con la voz grave mientras se inclina.

Su aliento está tan cerca que lo siento en la piel. Su mirada es oscura, el azul de sus iris se vuelve casi negro. Me acuna las mejillas con las manos.

Me sujeta con firmeza mientras se acerca.

Me roza la nariz con la suya.

Nuestros alientos se mezclan.

Acerca los labios a los míos.

No me muevo; me limito a mirarlo. De pronto, cierra los ojos. Tiene unas pestañas preciosas. Huele a pino y a heno.

Y me besa.

Es un beso suave, pero posesivo. Jadeo y todo mi cuerpo se arquea. Me separa los labios con la lengua.

Siento miles de emociones a la vez.

Sigo asustada.

Sé que esto no llegará muy lejos.

Sé que, seguramente, nunca me quiera.

Pero todo sale a la superficie: el deseo, las noches, los días, los codazos, las bromas, las provocaciones, las discusiones, los partidos, las vacaciones, el chocolate… Hasta que siento que voy a explotar en mil pedazos.

Lo agarro del pelo con fuerza.

Gruñe con violencia y me separa los labios con posesividad. Refuerza el abrazo y me levanta contra su pecho casi con agresividad. Me aprieta con firmeza, pero hay ternura al mismo tiempo, y me muerde el labio inferior.

—Joder, estos labios son míos, están hechos para mí.

El mordisco es como un suave pinchazo en el labio inferior, lo bastante fuerte para sentirlo, pero también suave, para que lo sienta en todas partes.

Gime, con la lengua acaricia donde me ha mordido y jadeo. Le tiro del pelo, lo atraigo hacia mí y el corazón me late a toda velocidad.

Cuando por fin se separa, me mira fijamente a la cara como si buscase algo que necesita y anhela; algo por lo que moriría.

—¿Sigo viva? —susurro.

Sonríe ligeramente, con los párpados entrecerrados y las pupilas dilatadas, pero todavía busca algo con fervor.

—¿Sí? —pregunta con la voz ronca por el deseo y me frota la boca hinchada con el nudillo del dedo índice.

—Sí. —Me río.

Señala al caballo con la cabeza, impaciente, y cuando me agarra por la cintura para levantarme, se detiene y respira hondo. Sonríe apoyado en mi frente y yo también lo hago. No le he visto el hoyuelo desde hace tiempo, pero esta vez lo siento en la piel.

A veces usamos a las personas que nos rodean como muletas para no enfrentarnos a la realidad o para no tener que esforzarnos. Creemos que lo harán por nosotros o nos protegerán de la verdad. A veces, también usamos el dolor como muleta, una excusa para no volver a exponernos. No puedo seguir negando que entre Trent y yo siempre hubo un tiranosaurio rubio de más de un metro ochenta de altura, del que no he podido evitar enamorarme.

Cabalgamos por un camino de tierra hasta la cima de una colina, desde donde se ve toda la región montañosa. Mientras paseamos, me habla de su infancia aquí y de la primera vez que se cayó de un caballo. Comento que es muy tranquilo comparado con Chicago.

—Aquí casi puedes oír tus pensamientos —digo.

—¿Sí?

Arquea una ceja, como si quisiera saber exactamente en qué pienso.

Me sonríe con picardía y le devuelvo la sonrisa, mientras le prometo con la mirada que nunca lo sabrá.

Subimos por un sendero entre robles y cedros. Recibo un mensaje de Trent cuando dejamos los caballos en un campo de flores silvestres y nos sentamos a contemplar las vistas.

Trent: Necesito verte.

Yo: No estoy en la ciudad.

Trent: ¿Cuándo vuelves?

Le digo que nos veamos en mi casa el próximo viernes por la noche, en una semana, que quiero hablar. Luego me guardo el teléfono, ya me da miedo esa conversación.

—¿Davis? —pregunta Tahoe mientras nos tumbamos en la hierba, apoyados sobre los codos.

Mira al horizonte, con la mandíbula apretada.

—Sí.

Es lo único que digo y, al parecer, es lo único que necesita oír.

Capítulo 28

El bebé

Por la tarde, en casa de sus padres, Wynn me llama para contarme que Rachel está de parto. Dejo a Livvy en el jardín entre las flores que estamos podando y entro en la casa. Tahoe sale del despacho de su padre y casi chocamos en el vestíbulo.

—¿Lista? —pregunta.

Asiento sin aliento y sonrío de oreja a oreja.

—Vamos.

Ocho horas después, Rachel da a luz a un niño sano de tres kilos y medio.

Kyle Malcolm Saint.

Estamos seguros de que sus ojitos azules se quedarán de ese color y de que la pelusilla rubia es cosa de su madre.

Después de hablar sobre la pérdida y la muerte, al presenciar este pequeño milagro somos los únicos, además de los padres, que tienen los ojos rojos.

Tahoe me da la mano y me acerca en un movimiento instintivo. Apenas nos tocamos, pero me siento más cercana a él que con cualquier otro hombre. Me mira, sonríe y me contagia la sonrisa.

—Rachel será una madre estupenda —afirmo, segura.

Su voz se tiñe de orgullo.

—¿Me tomas el pelo? A Saint se le dará de puta madre ser padre.

Me pregunto si alguna vez tendré un bebé al que cuidar y un marido al que quiera tanto como mi mejor amiga al suyo.

Entonces lo sé. Siempre lo he sabido. Lo que siento por Tahoe no desaparecerá. Nunca he deseado tanto un hombre como a Tahoe Roth.

Quiero lo que tienen Rachel y Saint y, si alguna vez soy madre, quiero estar tan locamente enamorada del padre que mi único deseo sea que se parezca a él.

Siempre me he dicho que mi relación con Trent era buena. Que es dulce y que soy feliz con él, pero aquí, en el hospital, mientras miro a mi mejor amiga besar a su marido y abrazar a su recién nacido, mando lo bueno a la mierda.

Quiero más, mucho más.

Quiero sentirme en cada momento como me siento junto al hombre que tengo al lado. Incluso en los tristes, en los desesperados, en los silenciosos o en los divertidos, en los profundos o en los repentinos; en todos. Quiero que la chispa siempre esté ahí. Quiero sentir la vibración, la luz, la alegría…, todo lo que siento a su lado.

Es posible que nunca sienta lo mismo. Puede que sea una tonta, pero, hasta ahora, he vivido dentro de una jaula de cristal que yo misma me había construido y nadie ha conseguido sacarme excepto él.

Estoy enamorada de Tahoe y Trent nunca será él.

Me levanto y le envío un mensaje para adelantar nuestra cita y pedirle que venga a mi casa esta noche.

—Tengo que irme —le digo a Rachel.

Le doy un beso en la mejilla y le pido que le dé otro beso al bebé cuando lo traigan de la enfermería. Luego me despido de Saint, Emmett, Wynn, la madre de Rachel y Tahoe.

En voz baja, para que nadie más lo oiga, le digo:

—Tengo que irme, gracias por lo de Texas.

Cuando sonríe, le beso el hoyuelo y me voy.

Capítulo 29

Cuando lo bueno no basta

Cuando vuelvo al piso, me derrumbo en el sofá y espero a que Trent llegue. Estoy nerviosa. Lo que he descubierto me emociona y me apena al mismo tiempo.

Llega con una mirada esperanzada.

—Hola —me saluda.

—Hola.

Lo llevo al salón.

—¿Y bien? —dice, con las manos entrelazadas y las cejas arqueadas.

Se sienta en el sillón de enfrente.

Me muerdo el labio un segundo mientras pienso en lo que tengo que decir. Nunca he dejado a nadie. Seré sarcástica, maliciosa, gruñona o mil cosas más, pero nunca he sido la que ha puesto fin a algo. Después de que me hayan hecho tanto daño, no me gusta hacérselo a nadie. Pero eso me incluye a mí también.

No sé qué pasará con Tahoe. No sé si pasará algo, pero no puedo seguir negando lo que siento por él.

Me he esforzado mucho para intentar querer a Trent. Es muy dulce, pero lo cierto es que no busco cosas que me gusten, sino algo que me recuerde a Tahoe.

Me cuesta encontrar las palabras más de lo que esperaba. Quiero decirle que a Tahoe le gusto con maquillaje o sin él y que me devuelve los codazos. De hecho, también me los da primero. Quiero explicarle que siempre sueño que duermo desnuda, bocabajo y que hay un hombre sobre mí que me lame la columna. Que me despierto sobresaltada, me doy la vuelta y encuentro unos ojos azules que me miran.

Todo esto no le va a importar…

Me llevo las rodillas al pecho y, con una sonrisa triste, le digo:

—He intentado cambiar para darnos una oportunidad, pero no debería ser así. Debería haberme centrado en aceptarme. No tengo que cambiar quién soy para que me quieras. No debería —le confieso.

—No todo, Gina, pero esforzarse por tu pareja…

—Estoy enamorada de otra persona —le interrumpo—. Sin remedio y no sé si algún día me corresponderá, pero no quiero seguir mintiéndome y tú no mereces que te mienta.

—¿Quién es? —pregunta.

Parece tranquilo, incrédulo, como si no creyera que hubiera encontrado alguien mejor que él.

Sonrío.

—Alguien a quien le gusta mi coleta.

No queda mucho más que decir. Al final, nos abrazamos, nos damos un beso en la mejilla y, al menos, cuando nos despedimos, las sonrisas parecen sinceras.

Capítulo 30

Halloween

No estoy lista para contar a mis amigas que he roto con Trent.

Rachel está muy ocupada con Kyle y Wynn me presionaría para que me lanzara a por Tahoe. La conozco. Siempre cree que todo es posible, pero yo no estoy tan segura. Un beso no cambia nada. Tahoe me besó: fue épico y sentí fuegos artificiales. Eso no significa que quiera algo más ni que vaya a darme más. No está interesado en el compromiso, pero eso tampoco cambia el hecho de que cuando lo miro, pienso en que lo quiero, como si fuera un animal herido.

Me ha llamado varias veces desde que lo dejé con Trent. Como si tuviera un sexto sentido y supiera que estoy disponible. No puede mantenerse alejado y yo tampoco. Hablamos sin parar, salimos a tomar café o voy a verle al trabajo y, muchas de esas veces, me mira de forma que sus ojos azules dicen mil cosas y nada a la vez.

No sé qué hay entre nosotros, pero no quiero forzar nada. Necesita tiempo para ajustarse a cómo está evolucionando nuestra relación y estoy dispuesta a esperar.

En su cumpleaños, tengo muchas ganas de presentarme en su puerta sin nada debajo de la gabardina, para que me vea y le entren ganas de hacerme suya.

En lugar de eso, me entero de que estará fuera. Este año no habrá fiesta de Tahoe Roth. Cosa que ha causado un buen revuelo en las redes sociales.

Twitter está lleno de mensajes como:

¿No hay juerga este año, @tahoeroth?

Le escribo:

Feliz cumpleaños, @tahoercth

Me responde:

No voy a dormir hasta que descubra qué vas a regalarme este año ;)

Lo releo un millón de veces, y cada vez siento algo distinto. Diversión, emoción, enfado, excitación… El año pasado me ofrecí a acostarme con él, ¿qué espera que haga este año?

¿Quiere que lo repita?

Decido que solo me toma el pelo, como siempre, e intento calmar las hormonas.

Para mantenerme ocupada y ahorrar para el piso, la semana siguiente envío un correo a todos mis amigos para informarles de que si saben de algún trabajo, por raro que sea, que cuenten conmigo.

Me suena el móvil a los pocos segundos.

«Tahoe Roth».

Ignoro cómo se me acelera el corazón y contesto.

—No hagas eso —regaña—. Por raro que sea. ¿Sabes cuántas cosas se me han ocurrido?

—No y no quiero saberlo. No todos tienen una mente tan sucia como tú.

Suspira.

—¿Cuánto necesitas?

—¿Cómo? No voy a aceptar tu caridad.

—Vale. Pues te contrato.

De pronto, se me ocurren todo tipo de ideas para mayores de edad.

—¿Perdona?

—Esta noche tengo una fiesta de máscaras en blanco y negro. Maquíllame. No llevo máscara porque me resulta un coñazo, así que píntame una.

—Ah, eh, vale. Tengo que acabar antes de las diez, tengo planes con la gente del trabajo.

Se hace el silencio.

—¿A las ocho? —le sugiero.

—En mi casa —dice.

A las ocho, vestida con un disfraz de ángel blanco y un bonito halo dorado, subo en el ascensor de Tahoe. Me gusta Halloween. Es el único momento del año en que puedes ser quien te apetezca.

Entro en su casa y cruzo el pasillo hasta el dormitorio. En la puerta, me detengo y jadeo. Tahoe lleva un cuello de cisne y unos pantalones de traje negros. Se pasa un peine por el pelo húmedo, se vuelve hacia la puerta y me saluda con el ceño fruncido.

Creo que sigue enfadado por el correo masivo y los «trabajos raros».

—Sabes que puedes llamarme si necesitas cualquier cosa, ¿verdad? —pregunta y arruga el ceño en un gesto amenazador.

—Sí.

Dejo el kit de maquillaje en el tocador del baño. Es el más grande que he visto: una larga losa de granito negro con dos lavamanos separados por cuadrados de superficie lisa.

—Nada de correos masivos a toda la ciudad —especifica al entrar en el baño detrás de mí.

—No fue a toda la ciudad y quería trabajar. —Sonrío. Después le pido que se siente en uno de los taburetes de cuero de debajo de los tocadores—. ¿Qué habías pensado? ¿Algo perverso? —Le doy un codazo para que se siente.

—Muy perverso. —Nos miramos a través del espejo.

—De verdad, tienes esperma en el cerebro. —Me río.

Nos sostenemos la mirada en el espejo y siento que el suelo se convierte en arenas movedizas bajo mis pies. Vestido completamente de negro, es la perfecta representación de un caballero oscuro. Si fuese del tipo de chica que se desmaya, lo haría ahora mismo. Huele a pino y a jabón. Y a hombre.

—Bueno, ¿cómo es la fiesta de máscaras? —pregunto y abro la bolsa donde llevo la pintura facial.

—Primero cuéntame tus planes.

—¿Por qué?

—Porque quiero que vengas conmigo.

—Eh… No. No. —Niego con la cabeza y abro el neceser para buscar los lápices negros.

Tahoe no deja de mirarme.

—¿Trabajos raros? —pregunta.

—No sabré lo que se me da bien hasta que lo intente.

Sonríe y me acaricia la línea de la mandíbula con un dedo.

—Se te da bien esconderte.

Es extraño lo dulce que suena su voz.

—¿A mí?

Traza el mismo recorrido sobre mi piel y siento un cosquilleo donde me toca.

—Tanto maquillaje para esconder una cara tan preciosa.

Me acuna las mejillas con ambas manos y me vuelve para mirarme a los ojos, sin que haya un espejo entre nosotros. Por la intensidad de su mirada, ningún maquillaje podría protegerme de él. Ya no.

—A ti se te da todavía mejor —le acuso en voz baja—. Te escondes a simple vista. La vida es un gran parque de atracciones para Tahoe Roth, ¿no?

—Correcto. —Sonríe y me suelta—. Ven conmigo esta noche, Regina.

Su voz es persuasiva e irresistible. Joder. No existen palabras para describir lo que me hace sentir.

—¿Por qué? —pregunto, molesta con mi cuerpo mientras me inclino para coger el perfilador negro.

—Te necesito. —Su cálido aliento me roza la cara.

—Siempre me necesitas —me jacto.

Me agarra por la cintura y me aprieta cuando apoyo el lápiz en su frente.

—Es verdad. Diles a los del trabajo que no puedes ir y ven conmigo.

Lo ignoro y estudio sus facciones para planear lo que voy a hacer.

—¿Qué tal una máscara negra? También se me ha olvidado mencionar que mis maravillosos servicios como maquilladora cuestan sesenta la hora.

Me da una palmadita en la cadera, pero su mano es tan grande que me toca el culo.

—A ver qué te parece. Le voy a añadir otro cero a la cifra, porque me apetece.

—De eso ni hablar, T-Rex. Pero gracias.

Antes de empezar a dibujar, atisbo una máscara negra sobre la cama.

—Tienes una máscara en perfectas condiciones ahí. No necesitas maquillaje, Tahoe.

—No me gustan las máscaras. Ya te lo dije. Házmela tú.

«Házmelo tú».

¡Joder! Ya ni pienso con claridad.

Frunzo el ceño y sacudo la cabeza, pero me vuelvo a inclinar y coloco el lápiz en su frente.

—No me lo creo.

—¿Y creerías que necesitaba una razón para que vinieras? —Su voz se vuelve áspera y profunda.

Bajo la mirada y respiro hondo para controlarme.

—No necesitas una razón. Somos amigos.

—¿Lo somos? —habla en un tono tan dulce que apenas es un susurro.

—Ya no sé lo que somos —me sincero.

Se queda callado y levanto la mirada. Sus ojos me atraviesan como un láser, tan intensos que se me cae el lápiz y rebota en el suelo de mármol.

Maldigo.

Se agacha despacio y lo recoge por mí.

Le brillan las pupilas ante mi expresión frustrada y me devuelve el lápiz con las cejas arqueadas. Me mira a los ojos y esboza una sonrisa sarcástica.

Sujeto el perfilador con fuerza. Le sostengo la mirada y contengo el aliento. Me aferro al momento. El corazón me late deprisa cuando susurra:

—Adelante, Regina.

Su tono es más grave de lo normal y se le marca el acento.

Sonríe un poco y cuando me revuelve el pelo, la sonrisa le ilumina los ojos, como si le divirtiera. Suspiro, me recompongo y le pinto.

Me observa inclinarme con el lápiz negro.

Dibujo el contorno de una máscara en la parte superior de su cara. Me separa para revisar mi trabajo. Llevo varios minutos estudiando sus facciones cuando me doy cuenta de que me mira fijamente.

Se me corta la respiración.

No es que sus ojos sean bonitos, es la forma en que me miran, sin ni siquiera pestañear.

Me acerco lo suficiente para aplicar la pintura. Huele tan bien que me mareo. Su respiración se altera un poco mientras extiendo la pintura negra lentamente por la piel y alrededor de los ojos. Cambio de lado e inhala profundamente cuando me inclino de nuevo para aplicar más pintura. Me agarra la cintura, cierra los ojos y deja el brazo ahí mientras termino de trazar la máscara. El momento es exquisitamente íntimo.

—¿Para qué necesitas una máscara si ya la llevas todo el tiempo? —susurro.

—Porque no puedes enseñar a todo el mundo las peores partes de ti mismo. No se lo merecen y tú tampoco mereces que te juzguen por ellas. —Me mira unos segundos en silencio—. Deberías saberlo, Regina. —Me tira del vestido—. ¿De qué vas?

—De ángel. ¿No ves las alas? —Me doy la vuelta con una sonrisa. —Son invisibles. ¿Y tú?

Se encoge de hombros. Mi sonrisa desaparece cuando me mira.

Me lo imagino como el fantasma de la ópera, aunque las cicatrices no estén en su piel.

Sin decir nada, me toma por la cintura y me acerca para que siga pintando. Pienso en el fantasma que creyó que la mujer a la que amaba, Christine, acabaría con un hombre llamado Raoul porque él no la merecía.

Me duele lo guapo que es. Un hombre herido del que me he enamorado sin remedio.

Trabajo en silencio durante los siguientes veinte minutos. A veces le toco la cara con las yemas de los dedos para que no se mueva y noto que está tenso. Sus cejas forman una línea, aprieta la mandíbula y frunce los labios mientras controla impulsos no identificados que lo asaltan.

Cuando termino, se levanta, nervioso. Le miro mientras va a la habitación y se pone la capa negra con dedos hábiles. No sé por qué le ayudo a vestirse cuando lo que quiero hacer es lo contrario.

Intento acallar el deseo que me provoca y me escondo en su baño mientras recojo el maquillaje. Cuando salgo con la bolsa, está sentado en una silla con los codos apoyados en las rodillas.

Entro en la habitación.

—He roto con Trent —espeto sin pensar.

Hay un largo silencio, como si la Tierra se hubiera detenido.

Entrecierra los ojos.

—¿Esperas que te diga que lo siento? Porque no.

—No. —Niego con la cabeza—. No he venido a hablar de mis fracasos amorosos.

Esboza una sonrisa triste.

—Joder, Regina, soy el menos indicado para juzgar la vida amorosa de nadie.

Aparto la mirada, incapaz de mirarlo.

Creo que confunde el gesto con tristeza, porque cuando vuelve a hablar, parece molesto. Se pone en pie, se acerca a mí y me coloca la mano en el hombro mientras con la otra me levanta la barbilla.

—Venga. Ese gilipollas no vale la pena. Te mereces mucho más. —La admiración de su mirada me derrite.

Quiero besarlo. Quiero sentir sus manos en mi cuerpo. Quiero protegerle ese corazón herido que ha guardado en una estantería para que nadie lo alcance.

Desde hace un tiempo, estar con él siempre me causa dolor. Me hace darme cuenta de que nada de lo que había sentido antes era real, nada se acercaba a esto, ni por asomo. Como una cerilla comparada con un incendio. Una ligera molestia en comparación con un dolor insoportable, que te consume.

—Estás todavía más guapa cuando estás disgustada —dice con cariño y me levanta la barbilla. Siento el calor de su mirada en su voz. Me cautiva lo que veo en ella. Hay una ferocidad primitiva, un ansia que jamás había visto en los ojos de una persona—. Aunque no me hace gracia que lo estés por alguien como Davis. Joder, ni ese tío ni ningún otro se merecen que te disgustes por ellos. ¿Me oyes? —advierte y alza las cejas.

Gruño.

—Te comportas como si fuera perfecta. No lo soy. Me marcho ya, gruñón —digo.

—No, no lo eres.

Me agarra por los hombros, me lleva hasta el baño y me obliga a mirar mi propio reflejo en el espejo. Después de un momento de confusión, lo miro.

Con seriedad y pegado a mi oído, dice:

—Ahora ella.

—No voy a ir a la puñetera fiesta de máscaras.

—Venga, Regina. Me imagino una bonita máscara plateada para esta bonita señorita.

Me toca los pómulos y me mira en el espejo.

Es muy alto. Una llamativa máscara negra con remolinos plateados y dorados le cubre la mitad del rostro. La otra mitad está cubierta de barba.

—¿De qué me voy a hacer una máscara?

Sonríe con picardía.

—Pues de lo que vas vestida. De ángel. —Se inclina y me susurra al oído mientras se divierte con el halo—. Uno a punto de caer. —Sonríe como un demonio—. Venga, vamos.

Gruño para quejarme, pero sonrío sin poder controlarme.

—Iré, pero no quiero máscara.

Se sorprende.

La verdad es que yo también.

—Estoy cansada de pintarme la cara.

De repente, quiero que me vea, a la persona real, en carne y hueso.

«Y que le guste lo que ve».

No sé de dónde sale ese pensamiento, y me sorprende tanto que me lo guardo.

Escribo a mis compañeros del trabajo para decirles que no puedo ir. Dejo las cosas en su casa y bajamos en el ascensor: yo vestida de blanco y él de negro. Yo con el pelo negro rizado, él con el pelo rubio perfecto. Somos opuestos, en realidad. Él alto y musculoso, yo bajita y con curvas.

Entonces, ¿por qué parece tan perfecto?

La fiesta es en otro piso del edificio, cinco plantas más abajo. Cuando se abre la puerta, nos mezclamos entre la multitud y la vibración de la música. Una chica corre hacia él. Le quita la capa del cuello y se envuelve con ella, pero él solo se ríe, la recupera y se la cuelga del hombro.

Me siento como si me hubiera tragado un ladrillo, pero trato de ignorar la sensación. Es un seductor, atrae a las mujeres sin esfuerzo, es lo que hace.

Parece un demonio perverso y un fantasma hermoso, pero mientras caminamos, uno junto al otro, entre la gente disfrazada, lo único que veo es a Tahoe Roth. El hombre en el que pienso a todas horas. El hombre que me ilumina.

Hay calabazas talladas clavadas en picas falsas iluminadas con velas eléctricas por toda la habitación. La gente baila, bebe y se besa.

Nos dirigimos a la pista de baile y, a medida que las chicas lo reconocen por los ojos, la barba y la altura, chillan felices, le gritan «truco o trato» e intentan conseguir un beso.

Me alejo, sin ganas de ver al hombre que quiere besar a todas menos a mí, cuando dice:

—Esta noche no.

Cuando me doy la vuelta, se ha librado de ellas y se dirige hacia mí. Su mirada me deja sin aliento.

¿Hace frío? Los pezones se me ponen rígidos debajo de la blusa. Nunca he visto a Tahoe caminar tan despacio y, aun así, me alcanza muy rápido.

Me coloca una mano en la nuca y me guía a la pista de baile.

—Baila conmigo —me susurra al oído.

Me agarra del cuello del vestido y tira hacia delante hasta que nuestros cuerpos quedan alineados y pegados. Su calor corporal me envuelve de la cabeza a los pies. Le rodeo el cuello con los brazos y enredo las manos en su pelo. Nos movemos, me mira y me hace el amor con la mirada como ningún hombre con el que he estado nunca ha hecho con su cuerpo.

Bailar siempre me hace sentir *sexy.* Bailar con Tahoe, sin embargo, alcanza un nivel totalmente nuevo de sensualidad. Sus movimientos son fluidos y el magnetismo animal que emana me hacen sentir no solo *sexy,* sino también sensual.

Bailo y me dejo llevar, pero a la vez trato de reprimir los sentimientos de anhelo y deseo que despierta en mí.

Su capa ondea a nuestro alrededor. Me sujeta la espalda y me mira, solo a mí, mientras nos balanceamos. Sé que no soy muy guapa. Me consideran más bien seductora, pero la mirada de Tahoe me hace sentir como si fuera ambas cosas, como si mereciera que me follasen hasta desmayarme y que me protegiesen de todo mal. Y como si quisiera ser él quien hiciera ambas cosas.

Por primera vez no me siento culpable por dejar que me abrace en público. No me siento culpable de que mis dedos quieran enterrarse más en su cabello. Apoyo la mejilla en su pecho y él la barbilla en mi pelo, en el centro de mi halo, e inhala.

—¿Quieres saber una cosa? —dice con una sonrisa astuta a la vez que me levanta la barbilla—. Después de poner tanto empeño en estos disfraces, lo único que quiero ahora mismo es ser yo y que tú seas tú.

Tira del halo y me lo quita del pelo mientras sonríe con malicia. Se quita la capa y deja caer los dos al suelo. Me arrastra por la pista de baile y los deja atrás.

Le doy un puñetazo y digo:

—Qué tonto eres.

Pero cuando me agarra la cara y me frota un poco el pintalabios para quitarme el poco maquillaje que llevo esta noche, contengo el aliento.

Es mi mejor amigo. La única persona con la que me gusta estar y con la que quiero estar siempre. Es el único hombre que he querido así.

Le detengo las manos y las bajo.

Retrocedo un paso para mirarlo y su sonrisa vacila. Se queda donde está, con la máscara negra, pero sus ojos son tan azules como siempre y no se apartan de mí. Se me humedecen los ojos cuando todo lo que siento por él estalla en llamas que me queman por dentro.

—Te quiero. —Intento sostenerle la mirada y demostrar toda la sinceridad y entereza posible—. Tócame. Abrázame. Quiéreme. Permítete quererme. A mí también me da miedo.

Se me quiebra la voz. Entonces, sus ojos, más turbios que nunca, me miran y me siento desnuda.

Aturullada, farfullo:

—No me creo que haya dicho eso, perdona. Tahoe, me voy.

Me doy la vuelta y corro hasta la entrada, deseando tener alas de verdad que me saquen volando de allí.

Mi precioso apartamento cruje y chirría toda la noche. O, tal vez, es mi cabeza reviviendo todo lo que ha pasado. Tahoe, Tahoe, Tahoe…

No duermo.

Ya lo echo de menos. Siento que lo he perdido. Nuestra amistad increíblemente honesta. Sus tomaduras de pelo adictivas. Las apariciones esporádicas en mi vida, que siempre me alegran el día y me hacen darme cuenta de lo triste que estaba hasta verle.

Lo he dejado todo en su casa. El kit de maquillaje, el móvil, todo. Por suerte, le di una copia de la llave a un vecino. En algún momento tendré que recuperar mis cosas, pero tengo una tarjeta de crédito guardada por la casa y algo de efectivo. Me siento rara sin el móvil, pero todavía no me atrevo a ir a buscarlo.

Por la mañana, voy a ver al pequeño Kyle a casa de Saint y Rachel para despejarme. Tengo muchas cosas en la cabeza y una sensación de pesadez en el pecho, y abrazar al bebé me hace sentir un poco mejor. Es el efecto que tienen. También necesitaba ver a Rachel. Es mi mejor amiga y ni un matrimonio ni un bebé van a cambiar eso.

Le cuento que he roto con Trent de forma definitiva. Sé que tanto ella como Wynn sospechaban que sentía algo por Tahoe, aunque nunca se lo he confirmado.

Creo que las dos sabían que no estaba lista para admitirlo, ni siquiera a mí misma.

—Ayer le dije a Tahoe que le quiero —digo en voz baja mientras devuelvo al pequeñín a su cuna.

Rachel abre los ojos de la sorpresa.

—No lo dije para que me dijera que él también, pero me sentía una hipócrita por ser su amiga y no decirle cómo me siento. No sé si me arrepiento.

Rachel cruza la habitación del bebé (con una jungla preciosa pintada en la pared y una jirafa de felpa tan alta como yo) para coger los pañuelos del cambiador.

—No seas tonta, no voy a llorar. —Los rechazo con un gesto porque me niego a tener la oportunidad de usarlos—. No he ido al trabajo —añado—. Le he pedido a Martha unos días. Quiero pensar. Después de lo que le dije, no sé qué va a pasar… No quiero perderlo como amigo.

—Saint ha ido a verlo esta mañana.

—¿De verdad?

Asiente.

—Lo llamó a las dos de la mañana para decirle que necesitaba hablar. —Como no digo nada, se encoge de hombros—. No sé de qué hablaron. Cuando los chicos están mal, les da por beber en silencio con un colega.

—Supongo —respondo.

—¿Sabes qué? Necesitas algo de tiempo a solas para pensar. Has estado muy ocupada con el trabajo y Trent no fue más que una distracción para descubrir lo que de verdad quieres… Y lo que quieres hacer al respecto. Por favor, me da igual si nunca vuelves a dejar que te ayude, pero ve a nuestra casa de los Hamptons. Yo me encargo del transporte. Ve y aclárate.

Acepto el consejo y, esa misma tarde, vuelo a los Hamptons para pasar el fin de semana.

Capítulo 31

Tira y afloja

A la mañana siguiente me quedo en el banco bajo la ventana y leo *Pérdida* mientras tomo una taza de café caliente. He desayunado tostadas francesas y disfruto de este momento de paz para pensar y plantearme cómo reconstruir mi amistad con Tahoe lentamente.

No he dejado de preguntarme si hice lo correcto al decirle que lo quería. Me siento como si me hubiera tragado la tierra, pero también me alivia haber sido sincera, incluso aunque lo que le dije no fuese lo que quería oír.

Pienso en su cara cuando se lo conté, la sorpresa y la preocupación (imagino que por mí). No me concentro en la lectura. Llevo un rato mirando la misma página cuando escucho un derrape y el ruido de un motor.

Echo un vistazo por la ventana. Un hombre alto se baja de un Audi plateado de alquiler. Lleva unos vaqueros oscuros y un jersey negro de cuello redondo. Me cuesta respirar al ver al hombre que quería evitar este fin de semana acercarse a la puerta principal.

Reconozco la forma de llamar a la puerta y me sobresalto.

Dejo el libro y, de mala gana, camino hasta la puerta. Respiro hondo y abro.

Su presencia llena el espacio como solo un dios haría. Nuestras miradas se cruzan y caigo en la cuenta de que no llevo maquillaje y voy en pijama. El corazón me da un vuelco.

No puedo pensar cuando me mira con esos ojos azules y el ceño fruncido.

Aprieto los labios, sin decir nada, me doy la vuelta y lo dejo entrar.

No sé qué pasa, no sé dónde me metí al decirle que lo quería. Dos corazones rotos no forman uno entero.

Éramos amigos. ¿Podremos serlo después de lo que dije?

No dice nada y yo tampoco. Somos dos personas rotas, enfadadas con lo que les hizo daño, sin forma de desahogarse y sin tener a nadie a quien golpear.

El suelo de madera cruje mientras se acerca, tanto que casi siento cómo explota la burbuja de mi espacio personal. Me cuesta respirar cuando me acaricia la mejilla y me levanta la cara.

—No —le advierto.

Me besa la mejilla.

—No.

Me besa la otra.

—Tahoe, no.

Se acerca a mi boca y aparto la cara. Su beso aterriza en mi mejilla e inhala.

Me rodea con los brazos, tan fuertes como el metal.

Estoy a punto de perder el control.

—¿Estás enfadada conmigo? —me pregunta al oído.

Lo miro.

Intento hablar sin que mi voz revele ninguna de las emociones que siento.

—Por qué iba a…

—Por ser un gilipollas.

Me observa. Está a tan solo unos centímetros de mi cara. Me da un beso rápido en los labios y me quedo sin respiración.

—No lo eres. No estoy enfadada. Solo quería estar sola. Estamos bien, somos amigos y siempre lo seremos.

Me sujeta la cara con las manos para asegurarse de que esta vez no me aparto.

—Te rindes, ¿así de fácil? Me dices que me quieres y sales corriendo. ¿Por qué? ¿Es que no tengo derecho a contestar?

Aprieto los labios en silencio.

—Pues ahora vas a tener que escucharme, señorita.

Exhalo.

—Para empezar, te he echado de menos —confiesa y baja la voz—. Eres como el agua, empapas cada rincón de mi vida. Mire adonde mire, noto tu ausencia, Regina.

Escuchar su voz me vuelve algo sensible y me provoca un nudo en la garganta.

—Yo también te he echado de menos.

Se pasa una mano por la barba y la cierra en un puño.

—Desapareciste sin más. No vuelvas a hacerme algo así, Regina.

—No desaparecí, he estado aquí. No creí que a nadie le importara.

—Yo no soy nadie. Estaba preocupado.

Parece inquieto, rebosa energía por todas partes mientras me pide que lo entienda con la mirada.

—Vale —digo.

—Joder. —Abre los brazos y se ríe—. Me has dado tan fuerte que ya no pienso con claridad. Te has pasado todo el año con ese tira y afloja y ya no sé ni pensar, Regina.

Me mira.

—Te quiero. Estoy loco por ti. Aunque estuvieras a cientos de kilómetros, aunque me mantuviera lejos de ti toda la vida y nos separase un océano, aunque millones de mujeres pasaran por mis brazos, seguirías siendo tú a quien quiero, la única en la que pienso.

Se rasca la barba. Parece nervioso y se frota la nuca con impaciencia.

—Una vez me enamoré. Nunca creí ser lo bastante bueno para ella. Éramos críos, un amor de juventud. —Baja la voz—. Pero el amor no debería ser así, ni siquiera cuando eres un crío. No deberías cambiar. —Le brillan los ojos—. Eso me lo has enseñado tú. El amor debería hacerte sentir bien contigo mismo y con la persona que eres cuando estás con quien quieres. El amor debería hacerte sentir aceptado tal como eres.

Me atraviesa con la mirada.

—Lo sabes todo de mí, me has visto de todas las maneras posibles y me has dejado verte como no has dejado a ningún otro. Y, aun así, deseamos estar juntos. No porque esté destrozado y haga que te sientas mejor contigo misma, sino porque contigo no estoy roto. Nos entendemos. Te acepto, te adoro. Joder, te idolatro. Tal como eres. No quiero a ninguna otra mujer en mi vida y no quiero que estés con nadie que no sea yo. Te quiero. —Exhala de golpe—. Y me encanta cómo me miras. Esa sonrisa es lo que más me gusta del mundo.

Sonrío y lloro a la vez, y el poco maquillaje que llevo queda hecho un desastre.

—¿Tenías que decir todo esto ahora?

Me envuelve en un abrazo perfecto.

—Sí. Ahora.

Me frota los labios con el pulgar. Me levanta en el aire y me hace girar como cuando dijo que era su amuleto de la suerte. Entonces, se detiene y deja que mi cuerpo se arrastre despacio por el suyo hasta que me posa en el suelo.

Nos miramos tan intensamente y con tanta ansia que dejamos de reír.

Se me revuelve el estómago por el deseo y noto cómo el azul de sus ojos se vuelve casi negro, oscuros como la noche.

Me rodea la cintura con el brazo. Me atrapa la cara con la otra mano y me mira la boca.

Levanto la cabeza.

Antes de darme cuenta, lo beso.

Suelta un gruñido profundo y hambriento y yo un gemido de sorpresa, pero no nos separamos. Me toma una mano, la lleva a su nuca y me acerca más a él. Me mordisquea los labios y los besa. Todo lo que creía saber sobre besos desaparece a medida que las chispas me recorren las venas. Encojo los dedos de los pies, el corazón se me acelera y todo mi cuerpo se convierte en una gigantesca masa de deseo.

Se pega a mí y no dejo de besarlo.

Me frota los labios con el pulgar para asegurarse de que no hay ni una pizca de pintalabios entre nosotros, solo piel contra piel. Me mira y el pecho se le hincha con cada respiración.

No puedo mostrarme más receptiva cuando baja la mano por mis curvas, catándome.

Muevo las caderas hacia su cuerpo.

Me mordisquea el lóbulo de la oreja y desata escalofríos que me recorren la columna.

—Dime que me deseas. O haré que lo digas. Dímelo, Regina.

—Te deseo, T-Rex.

—Te quiero.

Me sostiene la cara entre las manos y me besa. Me mordisquea el labio, lo muerde con sensualidad, y, luego, lo estira suavemente antes de soltarlo. Me duele un poco, pero quiero que lo repita. Tiene mi cara atrapada entre las manos y sus ojos me atraviesan.

—Te venero. Soy adicto a ti. ¿Lo sabes?

—Lo sé —digo, con esfuerzo.

Me abraza e inspira el aroma de mi pelo. Luego, me alza la cara de nuevo y desliza la lengua por mis labios para separarlos.

Abro la boca y me pierdo en la sensación de estar entre sus brazos y que me bese así. Siento su pelo entre los dedos y lo mucho que me desea.

No me canso de su sabor. De su calor, que se filtra a través de la ropa hasta mi piel. Desliza las manos hasta mi culo y las extiende para abarcarlo por completo.

Nos tomamos un momento para respirar y mirarnos con un ardor que hace que su respiración sea más profunda y la mía se acelere. Estamos serios. Más que nunca.

Me acaricia el rostro, me observa la boca y levanto la cabeza para besarlo de nuevo.

Apunto a su mandíbula, pero se gira los centímetros necesarios para atrapar mis labios.

Gruñe con suavidad cuando nuestras bocas se encuentran. No me separo, sino que le permito amoldar sus labios a los míos.

Me baja la barbilla con el pulgar y me separa los labios para introducirme la lengua en la boca, justo donde la quiero, y empaparme de su sabor. Una oleada de placer me recorre por completo. La calidez de su sabor, tan relajante, llena cada pequeño recoveco de mi interior.

Las sensaciones estallan en mi torrente sanguíneo. Casi me derrito.

—Tahoe —susurro.

—Joder, repite mi nombre así, justo así —murmura y deja un rastro de besos por la línea de mi mandíbula.

Me mordisquea el lóbulo de la oreja y me provoca escalofríos. Gime y me aprieta más fuerte contra él, como si hubiese esperado demasiado tiempo a que esto pasara.

Me agarra de la cintura y me mueve para acceder a mi trasero. Me pego a él y lo beso con tanta fiereza y anhelo como él a mí.

—Tahoe —gimo.

—Lo sé —gruñe con voz ronca en mi boca—. Lo sé.

Desliza la lengua sobre la mía e inclino la cabeza hacia atrás y abro la boca. Quiero que pruebe cada rincón, que se lo lleve todo.

El calor de su pecho contra el mío me quema. Me recorre el abdomen con la mano y siento un pinchazo en el corazón cuando veo la lujuria reflejada en su rostro mientras sus dedos se cuelan bajo la parte de arriba de mi pijama.

Me acaricia el vientre con las yemas de los dedos. Se inclina más. Me roza la boca y me da un ligero beso, como los que me daba antes.

Tiemblo.

Me da otro beso, esta vez acompañado de un pequeño y delicioso mordisco en el labio inferior. Me retuerzo de placer. Me mordisquea con ternura, me atrapa el labio y tira suavemente de él. Cuando lo suelta, lo lame con pasión.

Deslizo los dedos debajo de su camisa. Necesito tocarlo.

Se deshace de ella y la lanza a un lado en cuanto siente el roce. Se despeina al hacerlo y me encanta. Enredo los dedos en su pelo y vuelvo a besarle. Le paso la lengua por la barba hasta llegar a su gloriosa boca, cálida y mentolada.

Sin aliento, al ver su magnífico cuerpo semidesnudo, me arranco la camiseta y la lanzo a la otra punta de la habitación. No llevo sujetador y, al instante, nos apretamos uno contra el otro, sin separar los labios.

Me levanta en brazos y me lleva escaleras arriba con paso rápido.

Entra en una habitación, deja la luz apagada y cierra la puerta de una patada. La luz del sol entra por la ventana y lo agradezco, porque quiero verlo.

Creo que siente lo mismo, ya que me coloca en la cama, me observa y me provoca un calor insoportable.

Antes de suplicarle que me folle, se desliza sobre mí y sus labios asaltan los míos con posesividad. Me introduce la lengua en la boca y tiro de él para pegarlo más a mí, piel con piel. Siento su erección bajo los vaqueros; encaja perfectamente entre mis muslos.

Está muy duro y yo estoy tan lista que tiemblo. Me quita los pantalones cortos y me quedo solo con las bragas de rayas verdes. Las mira con verdadera pasión, como a mí, que estoy totalmente desnuda para él.

Parece realmente complacido mientras devora cada centímetro de mi piel.

Me hace el amor con la mirada. Después de un largo y sinuoso recorrido, sus ojos se detienen en mi cara.

—No existe nada más hermoso —afirma con voz ronca.

Desliza las manos por mis costillas y atrapa mis pechos, doloridos y pesados, con suavidad.

Nadie me los había tocado con tanta adoración.

Al mismo tiempo, me acaricia los pezones con los pulgares y observa mi expresión mientras lo hace. Jadeo excitada. Siento intensos latigazos por todo el cuerpo. Sus ojos se oscurecen al contemplar mi reacción y parpadea como si fuera él quien sintiera la electricidad. Repite el movimiento, me retuerce los pezones endurecidos y los acaricia con sumo cuidado.

—Tahoe… —ronroneo, me arqueo y enredo las manos en su pelo. Presiono los labios contra los suyos—. Joder. Eres increíble —gimo contra su boca.

Este beso es un poco más salvaje, más descontrolado. Nos quedamos sin aliento. Se inquieta y su deseo aumenta. Hay hambre en su mirada, en la sensación que me provocan sus manos al recorrerme el cuerpo, en la forma en que me muerde los labios, el lóbulo de la oreja y la garganta.

Se desabrocha los vaqueros y los aparta a un lado. Sus músculos se tensan con cada movimiento mientras se arrastra de nuevo sobre mí. En lo más profundo, en esas partes que llevo demasiado tiempo escondiendo, también siento una oleada de anhelo, deseo y amor. Es una mezcla de sentimientos que apenas sé manejar, pero, tumbada boca arriba y mirando a Tahoe, sé que necesita que le demuestren amor físicamente hablando. A menudo. Ha saltado de cama en cama sin saber qué buscaba en realidad. Me he reprimido por temor a no encontrar nunca lo que quiero. Ahora está aquí y es todo lo que necesito. Quiero que sienta lo mismo.

Me incorporo en la cama y lo beso. Vuelve a mis labios y me dedica mi sonrisa favorita, masculina, un poco arrogante y muy tierna.

—¿Me deseas? —Me acuna la cara con ambas manos, con una mirada salvaje y exigente—. ¿De verdad?

Asiento sin dudarlo. Me quita la coleta de un tirón y el pelo me cae sobre los hombros. Contempla mis rizos desordenados con aprecio, pasa los dedos entre ellos y los atrapa en un puño. Se inclina y enreda la lengua con la mía.

—Pues me tendrás.

Cuela la mano libre en mis bragas y pasa los dedos por mis pliegues húmedos.

—¿Estás lista? Dime que sí, porque no aguanto más —gruñe.

Se le marca el acento. Nunca lo había visto tan excitado.

Empuja un dedo dentro de mí y jadeo. Se me corta la respiración en una sacudida de placer. Mi concentración, toda mi atención, se desvían de mis manos en su piel al dedo que se mueve en mi interior. De nuevo, a mis manos en su pecho, luego a mi boca mientras le recorro el cuello, y después a la suya, que me muerde el lóbulo de la oreja. Mi cuerpo se arquea y estalla de placer.

Estoy perdida. Él es lo único que existe. No hay nada más.

Se le hincha el pecho al respirar y su aliento me acaricia la cara.

—No te haces una idea de cuánto te deseo. No tienes idea de cuántas veces he imaginado esto en mi cabeza —admite, arrastrando las palabras.

Me agarra la cadera con una mano mientras con la otra me masturba. Gimo de placer mientras baja la cabeza a uno de mis pechos. Lo chupa y, a la vez que empuja con un dedo más despacio y profundo, me susurra:

—Eres perfecta, Regina.

No podría estar más húmeda.

Tiro de su rostro para besarle. Siento la suavidad y la calidez de su piel en las yemas de los dedos. Me besa con mayor voracidad que yo y me acerca más a él. Siento su peso sobre mí, mi boca en su mandíbula y su cuello, mis dedos en su pecho duro y musculoso.

Me chupa el lóbulo de la oreja. Me susurra que quiere que esté húmeda, que le encanta tenerme «tan mojada» y deja de mover el dedo dentro de mí, lo saca y me acaricia los pliegues. Me penetra de nuevo y jadeo contra su cuello cuando introduce dos y tres dedos.

No tardo mucho en percatarme de que le gusta morder.

Siempre muerde antes de probar.

Muerde, tira, suelta, lame, besa. Siempre en el mismo lugar. En muchos lugares.

Me vuelve loca.

Le muerdo el labio y tiro de él un segundo.

Sonríe y se le iluminan los ojos.

—Traviesa. —Me besa—. Mi chica dulce y traviesa.

Saca un preservativo y lo abre con los dientes. El momento es muy intenso. Me mira mientras se lo pone.

Intento recuperar el aliento y el corazón se me acelera más cuando se agarra la erección con una mano y, con la otra aferrada a mi cadera, sostiene mi cuerpo inmóvil sobre la cama.

Nos detenemos un momento. Entonces, me doy cuenta de que ya está. Por fin va a pasar. Ambos lo deseamos con locura. Llevamos mucho esperando.

Entra despacio y se toma su tiempo, un tiempo delicioso, para que me adapte a él.

Creo que saborea la sensación de hundirse en mi cuerpo, igual que yo disfruto de cómo me llena centímetro a centímetro.

Ya no me siento vacía. Ya no estoy sola. Estoy tan llena que podría explotar. Tan feliz que quiero llorar. Estoy tan excitada que me agito de pies a cabeza y temo correrme si se introduce solo un centímetro más.

Se retira como si sintiera lo cerca que estoy de estallar. Después, vuelve a deslizarse en mi interior muy despacio a la vez que entrelaza nuestros dedos. Se me acelera la respiración cuando me llena, con fuerza y firmeza.

—Me encanta hacer esto contigo, casi tanto como lo mucho que te quiero —susurra sin dejar de mirarme.

Me la mete hasta el fondo. Me arqueo y muevo las caderas, desesperada. Echa la cabeza hacia atrás y, como si no creyese que esto es real, dice:

—Joder.

Es lo más excitante que he escuchado nunca decir a un hombre. Es ese puñetero acento.

Me clava en el sitio y me embiste una y otra vez, buscando enterrarse en mí y poseerme por completo.

Los ruidos que hace me vuelven loca; sus besos me obsesionan. Su cálido aliento en la mejilla me enciende aún más mientras me sostiene la cara para besarme; un beso casi doloroso, violento. Baja el ritmo hasta que resulta insoportablemente reverencial y tierno.

Me empapo de todo. La sensación de tenerlo dentro. Cómo aumenta la velocidad de sus movimientos. Más y más rápido. Le tomo la mandíbula y tiro de él hacia mí.

Grito.

Su respiración es pesada y tan rápida como la mía.

Cuando levanto la vista, sus ojos están clavados en los míos y se le marca el hoyuelo. Sé que está disfrutando de este momento tanto como yo.

Hundo las uñas en su espalda, la cara en su garganta y dejo de sonreír. Alcanzo un clímax estremecedor en el que no existe nada más que la sensación de que estoy donde debo.

Me retuerzo y tiemblo por la convulsión. Incluso lloro un poco debido a la intensidad del momento cuando me corro entre sus brazos. Escucho su respiración acelerada y siento cómo también se tensa al llegar al orgasmo. Se inclina y me chupa los pezones, luego los labios. Recorre los surcos de mis costillas con los dedos mientras me susurra lo *sexy* que soy.

Cuando volvemos a la realidad, nuestras extremidades forman un enredo perfecto. Me aparta el pelo detrás de los hombros para besarme la garganta.

El silencio invade la habitación.

Me tumbo desnuda y saciada, con sus brazos rodeándome.

Me mueve sin salir de mí y nos tumbamos. Me coloca una mano en el rostro y me obliga a mirarlo.

Hace un año, lo único que quería era ser suya. Mil momentos después, todavía lo deseo.

Hay millones de sonrisas en el mundo y la suya es la que más adoro. La que me dedica ahora mismo es particularmente arrogante.

—¿Qué? —pregunto.

—Nada.

Gruño y le doy un codazo suave. Me lo devuelve y me abraza más fuerte, mientras se ríe y me muerde el lóbulo de la oreja.

Capítulo 32

La mañana siguiente

Despierto en una cama enorme con sábanas de algodón y el ruido de la ducha al apagarse. Unos minutos después, huelo a café. ¿Vainilla? Hay algo de vainilla, seguro.

Suelto un gemido y me doy la vuelta. El sol entra a raudales por la ventana.

Las sábanas blancas me cubren las piernas desnudas.

Estoy relajada y tranquila.

El olor a café se vuelve más intenso.

Estiro los brazos por encima de la cabeza y miro alrededor con una sonrisa.

Tahoe.

Al pensar en ese nombre y el hombre al que pertenece, salgo de la cama, me pongo el pijama más bonito que tengo y prácticamente salgo a toda prisa de la habitación.

Tengo el estómago hecho un manojo de nervios y, poco a poco, me despejo mientras camino sobre el suelo de caliza blanca.

Tahoe me oye entrar en la cocina y, aunque está de espaldas, sé que sonríe.

—Buenos días, princesa.

También va en pijama.

¿Se trajo una maleta cuando vino? Pensarlo me hace feliz porque significa que quiere quedarse.

Lleva un pantalón azul oscuro con rayas blancas. Sin camiseta. Trago saliva.

Me mira desde donde está y admira mi camisón de seda rosa. Me sonrojo y sonrío.

Me asomo por encima de su hombro hacia la máquina de café que desprende el delicioso néctar marrón.

Sigue la dirección de mi mirada y sonríe.

—Si lo quieres, tendrás que venir a por él.

Entrecierro los ojos y me acerco despacio.

Choco con un muro de músculos.

Huele a menta, a café, a jabón, a sábanas de algodón egipcio y… a mí.

Huele como los domingos por la mañana en la cama.

Aspiro su aroma y contemplo sus ojos azules resplandecientes.

—Muévete, cariño —le susurro al oído, de puntillas.

Tensa los músculos y se le corta la respiración por el término afectivo.

—Todavía no —canturrea mientras me rodea la cintura con los brazos.

Deslizo las manos por su pecho.

—¿Por favor? —le pido.

Ya no sé a quién provoco.

Si a él o a mí.

Tenerlo cerca me vuelve loca. El recuerdo de anoche me enloquece.

Respira hondo y, sin darme tiempo a reaccionar, me agarra por las piernas, me levanta y me sienta en la isla de mármol de la cocina.

Me separa los muslos y se coloca entre ellos. Sonríe y acerca su cara a la mía.

—Dame un beso —susurra y me hace cosquillas en el cuello con el aliento.

—¿Qué? —Jadeo mientras intento que el roce de sus labios sobre mi piel no me haga perder la razón.

—Bésame, Regina —repite y recorre con los labios la curva de mi mandíbula hasta el lóbulo de la oreja, donde me planta un beso.

—Dame un beso de buenos días, cariño —insiste y me mira con ardor.

—Ja... —Intento reírme de sus súplicas, pero me cuesta encontrar una respuesta ingeniosa—. No estoy acostumbrada a que me cobren por el café que puedo preparar yo solita.

—¿No me digas? —pregunta.

Me levanta un poco el camisón.

Tiene las manos calientes, un poco ásperas y terriblemente familiares. Su roce resulta cálido contra mi piel. Me agarra los muslos, muy cerca de las nalgas.

Ojalá las subiera más.

«Por Dios, Regina, ¡contrólate!».

Me río de mí misma y Tahoe sonríe.

—¿Qué pasa? ¿Un besito es demasiado para ti? —me provoca.

—Para mí no, pero no sé si tú lo soportarás —susurro.

Separa la cabeza de mi cuello y me toma la cara entre las manos.

Me mira con esos grandes ojos azules.

Los labios rosados me provocan.

La barba rubia y desaliñada me raspa y me hace cosquillas cuando me besa en la mejilla.

Respiro con dificultad.

—¿Solo un beso? —Jadeo.

—Solo uno —dice, todavía con una mano en mi cara y la otra apoyada en mi rodilla, donde dibuja círculos con el pulgar.

Me observa con los ojos brillantes, abrasadores.

Parece hambriento. Somnoliento. Fuerte. Preparado.

Ladeo la cabeza. Nuestros labios están a centímetros de distancia. El sol me calienta la espalda desnuda. Me inclino un poco más hacia atrás y lo arrastro conmigo. Le rodeo la cintura con las piernas y su mano se tensa sobre mi muslo.

Me hace cosquillas con la barba. La frota contra mi mandíbula y la punta de mi nariz.

Me besa en la barbilla. En la frente. En la mejilla.

Le rodeo el cuello con los brazos.

Dejo que nuestros labios se rocen. No me muevo. Respiramos con dificultad y siento su erección a través del pijama.

Me contengo para no gemir.

Abro la boca y lo beso con suavidad.

Sabe a pasta de dientes.

Ahora sí gimo.

Sonríe.

—¿Eso es todo? —me provoca—. Me esperaba algo más. Déjame que te saboree de verdad, Regina —murmura cerca de mi boca.

Casi me derrito en sus brazos. Asiento como respuesta.

Ensancha la sonrisa, se inclina y me separa los labios con los suyos. Se lo toma con calma y me da un beso suave y húmedo. Con ternura, me acaricia la cara con las yemas de los dedos y me besa hasta que se me olvida respirar.

Tiro de él para acercarlo más y gime contra mi boca. Desliza la punta de la lengua por mis labios y los humedece. Me besa y deseo que no pare nunca.

Nuestros labios, suaves, cálidos y húmedos, se mueven en el beso más tierno y dulce que me hayan dado.

Me besa como nunca me habían besado a la mañana siguiente.

Me besa como si fuera la primera gota de lluvia después de años de sequía.

Me besa como si fuera el último trozo de chocolate que va a probar.

Me saborea, me prueba, me succiona. Me separa los labios con la lengua y me besa despacio y con suavidad.

Me sube el camisón hasta la cadera. Pronto se dará cuenta de que no llevo ropa interior. Me deslizo sobre la encimera para acercarme a él y disfruto de su olor a champú y a colonia.

Casi me echo a llorar por lo perfecto y prohibido que es todo esto.

Muevo las caderas contra su erección.

Levanta la cabeza.

—¿Regina? —farfulla.

Me mira con los labios entreabiertos. Los ojos le brillan, me escudriña, me explora y me interroga. Casi me pide que diga las palabras con la mirada.

Está expectante. Caliente. A la espera de que haga algo.

Asiento sin más.

—Te deseo —susurro con picardía en su oreja.

Le agarro los brazos y los coloco en mi espalda.

Es lo único que necesita.

—Regina… —Esta vez no es una pregunta; es como un rezo.

Como un gruñido.

Me arrastra sobe la isla para acercarme al borde, entre sus piernas.

Me toma la cara entre las manos.

Nos miramos durante lo que parece una eternidad hasta que levanta la mano y me acaricia la barbilla con el pulgar.

Se me forma un nudo en la garganta, pero lo ignoro.

«¿Por qué coño quieres llorar ahora? Por Dios, Regina, respira».

«Respira…».

Me lo repito mientras se inclina sobre mí para presionar su erección justo entre las piernas. Gimo.

Levanta la cabeza y me besa la clavícula. Sus labios están calientes y húmedos y recorren un lento camino hasta mi mandíbula.

Introduce los dedos en mi sexo.

Deposita besos dulces y prolongados por mi cuello. Me acaricia los labios con el pulgar.

Me besa en la barbilla y en la frente. Me acaricia la mejilla con los nudillos.

—Qué suave eres.

Me dedica una mirada capaz de fundir el metal antes de marcharse a la habitación.

Observo aturdida cómo vuelve de forma indolente mientras abre un preservativo.

Se desata con rapidez el cordón de los pantalones de pijama y se los quita. Luego, se lo pone, se coloca delante de mí y me arrastra de nuevo hacia él. Asalta mi boca y me penetra. Es perfecto. Su voz es áspera y suave al mismo tiempo. Es oscuridad y luz. Trueno y relámpago.

Le acuno la cara y lo obligo a mirarme mientras me folla.

Sus ojos son increíbles. Tiene la mandíbula cubierta de barba, *sexy,* y los labios húmedos de lamerme la piel.

Enredo los dedos en su pelo y lo atraigo hacia mi pecho, retirando la tela del camisón.

El beso es húmedo, salvaje y caliente.

Levanta la cabeza, me introduce la lengua en la boca y casi me desmayo.

Me besa un buen rato. Se traga mis gemidos y descubre cada rincón de mi boca mientras me embiste.

Me muerde el labio inferior con cuidado y después me da un beso largo y pausado.

Me siento increíblemente querida.

Apreciada. Adorada.

No se me ocurre otra palabra.

Me sujeta los brazos sobre la cabeza con una mano.

Con la otra, me acaricia el costado, baja por la cintura y las caderas hasta llegar a la rodilla. La agarra y se enrolla mi pierna alrededor de la cintura para penetrarme con mayor profundidad.

Me besa la cara interna de los brazos, que siguen sobre mi cabeza.

Me frota los pezones con el pulgar.

Me besa.

Me chupa el cuello.

—Eres un sueño. Un puñetero sueño y no me creo que no esté dormido ahora mismo —susurra.

Desliza la mano y me agarra el culo. Me arden los ojos cuando tira de mí para embestirme de nuevo. Giro las caderas y conquisto cada centímetro a mi alcance mientras le beso la cara hasta llegar a sus labios.

—Estás tan guapa que te devoraría —gruñe.

Cuando nos corremos, lo hacemos con más fuerza que antes, nos aferramos y retorcemos uno contra el otro. Nos mordemos, nos probamos y nos besamos.

Cuando se separa, no recuerdo ni mi nombre.

Nos miramos en silencio.

El corazón me late muy deprisa. Me tiembla todo el cuerpo.

Respira con dificultad. Siento el calor de sus músculos. Sus manos siguen en mi espalda, con la intención de sostenerme.

Baja la mirada y apoya la frente en la mía.

Es en estos momentos cuando te das cuenta de que realmente no necesitas escuchar un «te quiero». Ahora mismo, las palabras empapan cada centímetro de mi piel, nos rodean; están en su roce, en su mirada, en cómo respiramos...

Nos quedamos así un par de minutos largos y deliciosos, satisfechos y felices. En paz.

Cuando me separa, se lleva con él una parte de mí, pero vuelve con una sonrisa infantil y me da una taza de café.

—Buenos días, Regina —dice.

—Buenos días, Tahoe —contesto.

Me guiña un ojo y me besa en la frente.

—¿Qué quieres desayunar? —pregunta, me da la espalda y coge unas sartenes.

—¿Hay de todo? Sí, claro que sí. ¿Qué tal tortitas?

—Me gusta cómo piensas —contesta—. Tortitas, pues.

Después de comprobar que tenemos todos los ingredientes en la nevera y debatir si las hacemos con arándanos o con pepitas de chocolate, nos decantamos por las dos opciones.

Nos tomamos el café, uno junto al otro, en una mesita baja mientras el sol se cuela por los ventanales de la casa de Saint y Rachel.

Hablamos de nuestros horarios para decidir cuándo volver y nos decantamos por hacerlo el domingo en lugar de hoy, para ir a trabajar el lunes y disfrutar del tiempo juntos hasta entonces.

No dejo de sonreír mientras les doy la vuelta a las tortitas con la mano de Tahoe en el culo y sus labios en el cuello.

Con él todo es increíblemente fácil. Incluso ahora. Sobre todo ahora.

Capítulo 33

Mensajes

Cuando volvemos a Chicago, pongo a las chicas al día y casi me explotan los tímpanos con los chillidos al teléfono.

Quieren detalles.

—¡Lo sabía! ¡Por fin podemos hablar de ello! —grita Wynn.

Rachel se ríe y me cuenta que han tenido muchas conversaciones en las que alternaban entre preocuparse por nosotros y rezar por que nos fuera bien. Dice que, poco después de irme de los Hamptons, Saint volvió a casa y la interrogó para que le dijera dónde podía encontrarme Tahoe. En ese momento supo, sin lugar a duda (porque Tahoe fue con él), que el T-Rex me quería fuera como fuera.

—Había algo salvaje en su mirada. Parecía dispuesto a derruir un edificio para encontrarte —me cuenta Rachel.

Esa semana, de madrugada, recibo un mensaje de mis padres:

> **Mamá:** Tu padre y yo hemos hablado y creemos que es buena idea ir a Chicago para conocer a ese novio tuyo, así que iremos en Navidad.

Tahoe se mueve en la cama y me muerde el hombro.

—¿Quién te escribe a estas horas?

—Mis padres. Seguramente estarán en otro huso horario —susurro.

Tiene los dedos ásperos y me mira con cariño mientras me acaricia el pelo y echa un vistazo a la pantalla del teléfono. Lee el mensaje y arquea las cejas.

Se inclina hacia atrás, relajado, mientras le contesto a mi madre. Le enseño el mensaje.

Yo: Lo cierto es que ahora salgo con Tahoe :).

Se ríe con aprobación y me acaricia el brazo desnudo. Me coloca un mechón de pelo detrás de la oreja y después me desliza el pulgar por el cuello. Suspiro y cierro los ojos hasta que el móvil vuelve a sonar y leo el mensaje. Se lo enseño a Tahoe.

Mamá: ¿Qué Tahoe? ¿Tahoe ROTH, el texano?.

Se vuelve a reír y reaparece ese destello en sus ojos. Qué bien le sienta ese hoyuelo. Soy, sin lugar a duda, una de las miles de mujeres que han caído rendidas ante él.

Ya estaba perdida hace más de un año y, poco a poco, me ha atrapado cada vez más, sobre todo con esas miradas cálidas que me dedica, como si fuera lo único que quiere.

Mientras me río por la reacción de mi madre, lo beso. Rozo sus labios con los míos. Sonrío. Mi padre siempre ha sido muy inteligente para saber quién es quién en el mundo de los negocios; mi madre, en los círculos sociales. ¿Por qué me sorprende que sepan quién es?

Le respondo. Siento la sonrisa de Tahoe mientras me mordisquea el hombro y ve lo que escribo.

Yo: El mismo. Dice que se muere por conoceros en Navidad.

Mamá: ¡Regina, los hombres así nunca sientan la cabeza! ¡Te llamo en cinco minutos!.

—Vaya, me va a llamar —digo y lo miro anonadada—. Tu reputación te precede. ¿Sabes cuántas veces me llama al año?

—Me alegra servir para algo.

Sonríe y me muerde el lóbulo de la oreja. Suspiro y giro la cabeza para besarlo. Me acaricia la garganta y el vientre con la barba y sigue hacia abajo. Me roza con los labios el interior del muslo izquierdo y se mueve hacia mi centro. Sus labios me acarician y apenas me rozan el clítoris. Entonces, dibuja círculos con el pulgar y me separa los pliegues.

Me mira mientras levanta el pulgar y se lo mete en la boca. Cierra los ojos, gruñe suavemente y mete la cabeza de nuevo entre mis piernas para saborearme. El roce de su barba en los muslos me hace cosquillas a la vez que me excita.

Me muerde el clítoris y mueve la lengua de la forma más perfecta. Luego, la introduce y la saca de mi sexo, me besa y me saborea. Desliza las manos por mis muslos para asegurarse de que no cierro las piernas.

Mi madre tarda un poco más de cinco minutos en llamar, lo que nos viene de perlas. Para cuando suena el teléfono, ya hemos terminado de hacer el amor y estamos saciados y relajados en la cama. Contesto con desgana. Le explico que salgo con Tahoe y que es exclusivo, por ambas partes.

Se ríe en su lado de la cama, sacude la cabeza, se inclina y me muerde el hombro otra vez antes de quitarme el teléfono.

—Señora Wylde, le aseguro que mis intenciones para con su hija son honorables. Me he enamorado de ella y nada me complacería más que conocerlos a ambos durante las fiestas.

Sería capaz de camelarse a cualquiera.

Capítulo 34

Navidad y Año Nuevo

Pasamos el día de Acción de Gracias con sus padres. Reímos, comemos pavo y escucho anécdotas sobre las travesuras de Tahoe de cuando era niño. Nunca estaba contento con nada. Hasta las mujeres mayores caían rendidas a sus pies con su hoyuelo y sus ojos azules.

En Navidad, nos quedamos en Chicago. Mis padres vienen y por fin lo conocen durante una deliciosa cena en el Chicago Cut.

Se nota que han estado en la playa. Aprecio un brillo cálido en su piel mientras vamos hasta la mesa.

—Ven aquí, deja que te vea —dice mi madre y tira de mí.

Me levanta los brazos y analiza los vaqueros y el jersey de lentejuelas que me he puesto.

Me avergüenza que sea evidente que hace más de un año que no me ven.

—Me alegro mucho de verte, cariño. —Mi madre me abraza. Luego, me aparta antes de preguntar, emocionada—: ¿Y tu novio?

Miro a mi padre de reojo, que me sonríe con orgullo. Como si ahora que he conseguido la atención de un hombre, fuese por fin digna.

—Tahoe —digo y señalo al vikingo que tengo al lado, como si no lo hubieran visto al entrar en el restaurante, cuando se ha levantado para darles la bienvenida.

Les da la mano y los saluda amablemente.

Miro a Tahoe de reojo. Una parte de mí desea que le caigan bien. Aunque, en realidad, es irrelevante. Tus seres queridos no siempre se quieren entre ellos. Pero su sonrisa es sincera y mis padres parecen tan impresionados que casi se traban al hablar.

Mamá va tan elegante como siempre, con el pelo negro, como el mío, recogido en un moño bajo y apretado y varios collares de perlas falsas en el cuello.

—Debo decir que la noticia nos sorprendió —reconoce y Tahoe retira su silla para que se siente.

Estoy tensa. Me siento un poco mejor cuando Tahoe toma asiento y hace señales al camarero para que me traiga una copa.

Rachel es todo lo contrario a mí. Se lleva de maravilla con su madre y siempre ha querido que yo tuviese esa misma conexión con la mía, pero son cosas que no se pueden forzar. Aun así, me sorprende lo bien que nos lo pasamos. Tahoe consigue que todo el mundo se sienta cómodo y, además, creo que verme tan feliz hace a mis padres más receptivos.

Se nota que mi madre está encantada con él. Como no es de las que se andan con rodeos, le dice que es el tipo de hombre sobre el que me ha advertido toda la vida. Que tiene una sonrisa de chico malo y la cara de un rompecorazones.

Me divierte porque es muy similar a lo que dijo su madre. Le doy un codazo por debajo de la mesa y le tomo el pelo:

—Eres un casanova incorregible, debería darte vergüenza.

Me da una patada en el tobillo y sonríe.

—Pero ahora solo te quiero a ti.

Mi madre no se resiste a darle un beso en la mejilla antes de irse. Le da una palmada en la barba y le da las gracias por ser tan bueno para mí.

—¿La has oído? —Frunzo el ceño cuando nos montamos en el Ghost—. Bueno para mí, ¡no conmigo!

Se inclina sobre la palanca de cambios y me besa la sien. Se le marca el hoyuelo, imagino que debido al halago.

—Sí, la he oído.

Pongo los ojos en blanco, pero sonríe. Sé que yo también soy buena para él.

En Navidad, su regalo soy yo… Sin ningún envoltorio.

Él me da la llave de su piso.

No estoy lista para mudarme, pero cuando se lo digo, me azota en el culo y dice:

—Pues date prisa, porque yo sí.

El 27 de diciembre llevo algunas cosas. No he vuelto a dormir en mi casa desde entonces.

En Nochevieja, unos grandes ejecutivos conocidos de Tahoe, Callan y Saint dan una fiesta. Nos ponemos elegantes, salimos y nos integramos a la fiesta. Sin embargo, Rachel y Saint se quedan en casa con Kyle; Emmett y Wynn están de viaje; y Tahoe y yo estamos más interesados en los juegos de cama que en la fiesta, así que no nos quedamos mucho tiempo.

La fiesta se celebraba cerca, así que llegamos a su casa en solo quince minutos. Me quito los zapatos, tiro el bolso sobre el sofá y echo un vistazo por la ventana del salón mientras Tahoe abre una botella de champán de su colección y la mete en una cubitera con hielo para enfriarla. Después, se sienta en el sofá.

—Ven aquí. —Me indica que me acerque con señas; los ojos le brillan en la oscuridad.

Trago saliva.

—Deberías adoptar un perro. «Ven aquí» parece tu frase favorita —le digo.

Me acerco a él sin oponer resistencia, como si estuviese sonámbula.

Se levanta cuando llego a su lado.

—Solo me gusta pedírtelo a ti. Ven.

Tira de mí para abrazarme y me besa en los labios. Me coloca las manos en la cara y me limpia el pintalabios.

Gruño y, sin muchas ganas, trato de liberarme.

—No me quites el maquillaje.

—No te lo pongas. —Sonríe y me sujeta con más firmeza.

Frunzo el ceño y, con las yemas de los dedos, me deshace el gesto.

Me quedo quieta y estudio su rostro mientras se sale con la suya y me limpia la cara de maquillaje. Me mira con ternura, con una mirada tan sincera que me hace sentirme desnuda. Me siento querida y aceptada, como si la vida no me hubiera hecho daño, esperanzada y enamorada. Nunca pensé que volvería a sentirme así.

No voy a llorar.

No voy a llorar, no voy a llorar, no voy a llorar.

Le levanto la chaqueta, me meto debajo y presiono la cara contra los botones de la camisa. Apoyo la mejilla sobre sus pectorales. Su pecho vibra cuando se ríe y extiende la mano sobre mi espalda. Tiro de la camisa para liberarla de la cintura del pantalón y deslizo las manos por debajo para abrirme paso hasta sus pectorales. Y sus pezones.

Le acaricio uno con el dedo. Suelta un gruñido desde lo más profundo de la garganta. Desabrocho unos cuantos botones y aparto la tela a un lado para exponer el otro pezón. Lo chupo.

La risa que le provoca mi picardía se le corta y se transforma en un gemido. Se quita la chaqueta, se desabrocha la camisa y se la quita por los hombros. Frunce el ceño y me mira divertido.

—¿Te escondes de mí? No lo hagas.

Con un gemido, me llevo las manos a la cara. Entre los dedos, me encuentro con su mirada.

Sus ojos brillan con diversión.

Su risa llena la habitación. Disfruta de verme así y me obliga a bajar los brazos a los costados. Su voz se oscurece por la lujuria.

—Venga, déjame verte. Estás muy apetecible ahora mismo.

Dejo caer los brazos.

Me sostiene la mirada mientras me quita el vestido por la cabeza. Después, me baja el sujetador sin tirantes y libera uno de mis pezones, al que le da la bienvenida con un gruñido. Libera el otro y los deja así, expuestos.

Se inclina. Mordisquea primero. Muerde ligeramente la punta de uno de ellos. El suave tirón de sus dientes hace que el pezón se hinche y que el sexo me palpite de deseo. Pasa al otro y lo muerde con cuidado. Tira, suelta, lame y lo besa. Cuando se lo mete en la boca y lo chupa, me retuerzo de placer. Me arqueo, me agarro a su espalda y le araño.

—Tahoe —gimo, excitada.

Él también lo está. Se asegura de presionar su erección contra mi vientre para que lo note. No sé si son imaginaciones mías, pero creo que palpita al decir su nombre.

Me acaricia el pezón con los dientes y se inclina para lamerlo de nuevo.

—Es tan apetecible. —Después, lo chupa despacio mientras me acaricia con las manos—. Tócame, Regina. Cógeme la polla.

Guía mi mano hasta sus pantalones y la coloca sobre su erección. Está muy duro, totalmente empalmado. Se me seca la boca y me humedezco los labios mientras lo acaricio. Él gime.

Y ambos perdemos el control.

Me arranca el sujetador de un tirón y me baja las bragas mientras yo le desabrocho la bragueta. Le bajo los pantalones y me levanta en brazos. Me lleva al dormitorio y me deja caer sobre la cama. Me observa de pie, junto al borde y, mientras tanto, disfruto de la magnífica visión de su cuerpo.

Se me hace la boca agua al mirarlo. Más de dos metros de músculo, bronceado y desnudo ante mí.

Está desnudo y muy bueno.

Me olvido de todo cuando se inclina sobre mí y me susurra al oído con una sonrisa divertida:

—Ven aquí.

Me aferro a él y le contesto también en un susurro:

—Estoy aquí.

—Sí, pero más —dice.

Intento acercarme mientras se pone de rodillas sobre la cama, se inclina sobre mí y me abre las piernas para hacerse hueco.

Lo tumbo de espaldas y me siento a horcajadas sobre él.

Se incorpora, acaricia mis curvas y agarra mis pechos.

—Más cerca —me pide.

Juega con mis pechos y con mi sexo, como si estuvieran hechos para él.

Lo abrazo más fuerte, lo beso como hace que quiera besarle: con todo mi ser, con la boca, los dientes, la lengua y el corazón. Nuestros cuerpos se frotan y me siento suya.

Gruñe de placer y me aprieta el culo.

—Más cerca. —Ahora su voz es más grave; áspera.

Por una parte, me gustaría seguir haciéndome de rogar y que me lo vuelva a pedir, pero su proximidad me desarma de tal manera que lo único que siento son ganas de complacerle.

Así que lo beso con fuerza y entierro las manos en su barba. Cuando abre la boca para sonreír, levanto las caderas para encajar nuestros cuerpos.

—Dios —gimo.

Su sonrisa se funde en mis labios y me besa. Al principio, con suavidad, después con más urgencia.

—Te quiero —dice y me besa la mejilla.

Me muevo despacio y le acaricio el pecho con las yemas de los dedos.

—No me hagas daño, Roth. Nunca —susurro contra sus labios.

—Nunca —responde, decidido y sin rodeos.

Me agarra por las caderas y me besa otra vez mientras se mueve debajo de mí y me llena.

Me da la vuelta y me tumba sobre la espalda. Después se acomoda sobre mí, lo más cerca posible.

Nos movemos al unísono.

Se le acelera la respiración y, entonces, me doy cuenta de que creo en todas y cada una de las palabras que me ha dicho este hombre y las que me susurra ahora al oído.

—Eres maravillosa. Estoy loco por ti.

Acompaña sus palabras con caricias y besos.

Me penetra con fuerza y precisión y arqueamos los cuerpos para acercarnos más. Su cuerpo es mucho más fuerte que el mío y sus embestidas las más potentes que he sentido, pero sin llegar a romperme.

Está a punto de correrse, lo noto cuando se le tensa el cuerpo y su respiración se vuelve errática, profunda y primigenia.

Alcanzo el orgasmo. Siento el cuerpo arder. Tiemblo por esa explosión tan liberadora. Tahoe me sujeta la cara y me da el beso más sensual que jamás he experimentado mientras alcanzo el clímax. Me devora mientras acelera el ritmo para correrse también. Cuando llega al éxtasis, suelta un gruñido que resulta de lo más excitante.

Compartimos algunos besos tiernos y lentos mientras nos recuperamos.

Me da un golpecito en la punta de la nariz con el dedo y su hoyuelo aparece cuando sonríe.

—Así estás preciosa —dice, mirándome con fiereza.

Sin apartar la vista, me aparta un mechón rizado de la frente y me acaricia los labios con el pulgar.

—Eres increíble —contesto.

Suspiramos a la vez y miramos al techo aturdidos, en paz.

Mientras esperamos a que den las doce, me adormezco y me empuja los pies bajo las sábanas. Respondo con una patada y me la devuelve para llamar mi atención.

—Oye, te quiero —dice.

Después sonríe y se le marca el hoyuelo que tanto me gusta.

A lo lejos, escucho los fuegos artificiales estallar por toda la ciudad cuando empieza el nuevo año.

Intercambiamos una sonrisa y un beso.

—Feliz año nuevo, Regina —dice.

—Feliz año nuevo, Tahoe. ¡Espera!

Salgo a trompicones de la cama y traigo las uvas que compramos para la ocasión, además de dos copas llenas de champán de la botella que hemos abierto al llegar.

Metemos doce uvas en cada copa, una por cada mes.

—¿Por qué brindamos? —pregunto.

—Por tus braguitas azul marino.

—Venga ya.

Levanta la copa.

—Por mi novia. Que tenga éxito en todos sus propósitos, salud y buenos amigos. Porque no exhale mi último aliento hasta que ella exhale el suyo. Que siempre sepa que la quiero.

Se me anegan los ojos en lágrimas, no solo por las palabras, sino por la forma en que las dice y cómo me mira.

—Ahora, cualquier cosa que diga palidecerá en comparación a esto —digo.

—No lo hará.

—Te digo que sí.

Me mira, interrogante, y curva los labios mientras entrecierra los ojos.

—Dime que me quieres y ya está.

—Te quiero. —Lo rodeo con los brazos. Después, me recompongo y levanto la copa para brindar—. Por mi novio. Que gane todos los partidos que elija jugar, que siempre tenga motivos para reír, más éxito del que pueda recordar y que, mientras me quiera a su lado, me tenga.

Su mirada se oscurece por la emoción. Brindamos, bebemos y dejamos las copas en la mesita de noche. Tahoe me agarra por la nuca con una mano y nos besamos. Me tumba sobre la espalda y volvemos a hacer el amor, demasiado embriagados el uno del otro para querer nada más.

Agradecimientos

Tengo mucha suerte de estar rodeada de un equipo tan increíble que me motiva y me inspira para que siga escribiendo y compartiendo historias. Este libro no habría existido sin el apoyo de mi familia, que pasó días enteros sin mí mientras estaba encerrada en mi cueva. Gracias a mi amado marido por su cariño, su apoyo y su confianza incondicionales. A mi hijo, por sus maravillosas sugerencias musicales, y a mi hija, que siempre es mi primera lectora y mi fan número uno. También, al novio de mi hija, cuya experiencia con el *lacrosse* me ha ayudado muchísimo. A su vez, quiero darle las gracias a mi padre por inculcarme el amor por la lectura y a mi madre por ser todo lo que una madre debería ser.

Esta historia no habría llegado a ser siquiera legible de no haber sido por el fabuloso grupo de personas que me ayudaron a hacerla brillar, así que mi más sincero agradecimiento a mi agente, Amy Tannenbaum, y a todos los demás miembros de Jane Rotrosen Agency, que siempre han apoyado y brindado un hogar a mis historias. Gracias a mis supereditoras, Kelli Collins y CeCe Carroll, a mi correctora, Lisa Wolff, a mi correctora de pruebas, Anita Saunders, a mi lectora beta, Kati D, y a los cientos de lectores de autor beta cuyos ánimos y perspicacia me ayudaron tanto. También a Mónica y Kim, ¡no podría haberlo hecho sin vosotras!

A la maravillosa Dana, gracias por Chicago.

Gracias a mi increíble editor de audio por hacer llegar *Casanova* a mis «oyentes» y también a mis editores extranjeros por traducir mis historias para que se lean en todo el mundo.

A Julie de JT Formatting y a mi diseñador de portadas, James, de Bookfly Covers, ¡hiciste un trabajo increíble! Muchísimas gracias (¡y mucho chocolate!) a todas las blogueras: la forma en que os esforzáis para promocionar los libros que amáis y la pasión que ponéis en aseguraros de que los lectores los conozcan es impresionante.

Gracias por molestaros en compartir y reseñar el mío.

Por último, gracias de corazón a mis lectoras. Sin vuestros ojos, este libro no cobraría vida en vuestros corazones y mentes.

Gracias por vuestro apoyo, vuestros mensajes y vuestro interés en mi trabajo y mis personajes.

Un abrazo y el gran amor de Tahoe Roth,
Katy

Lista de canciones

Prayer in C, de Robin Schulz
Don't Get Me Wrong, de The Pretenders
Walk, de Kwabs
Same Old Love, de Selena Gomez
Photograph, de Ed Sheeran
Realize, de Colbie Caillat
Burning Love, de Elvis Presley
Waiting, de Dash Berlin con Emma Hewitt
Resolution, de Matt Corby